# 炉边独语

## 李劼人散文精选

李劼人　著

泰山出版社·济南·

**图书在版编目（CIP）数据**

李劼人散文精选 / 李劼人著. -- 济南：泰山出版社，
2024.1

（炉边独语）

ISBN 978-7-5519-0787-3

Ⅰ.①李… Ⅱ.①李… Ⅲ.①散文集－中国－现
代 Ⅳ.① I266

中国国家版本馆CIP数据核字（2023）第093898号


LUBIAN DUYU LIJIEREN SANWEN JINGXUAN

**炉边独语：李劼人散文精选**


**责任编辑** 王艳艳 任春玉
**装帧设计** 路渊源

**出版发行** 泰山出版社
  社　　址　济南市泺源大街2号　邮编　250014
  电　　话　综 合 部（0531）82023579　82022566
  　　　　　出版业务部（0531）82025510　82020455
  网　　址　www.tscbs.com
  电子信箱　tscbs@sohu.com
**印　　刷** 山东通达印刷有限公司
**成品尺寸** 150 mm×230 mm　16开
**印　　张** 10.75
**字　　数** 140千字
**版　　次** 2024年1月第1版
**印　　次** 2024年1月第1次印刷
**标准书号** ISBN 978-7-5519-0787-3
**定　　价** 39.00元

# 凡　例

一、本书收录了作者的散文经典文章或片段节选，主要展现了作者的学术历程、情感操守，以及当时的时代风貌等。

二、将所选文章改为简体横排，以适应当代的阅读习惯。所选文章尽量依照原作，以保持文章的时代韵味，部分内容参照当下最新的整理成果进行了适当修改。

三、所选文章没有标题或者标题重复的，编辑时另行拟加或改拟。

四、对有些当时惯用的文字，如"的""地""得""作""做""哪""那""吧""罢""化钱""记帐"等，仍多遵照旧用。

# 目<br>录

# 《星期日》的过去和将来

　　一年容易的过去了。今天是民国九年一月四日，新年的最新的星期日，却正是我们《星期日周报》第二十六期《新年增刊号》发行的时候，又是我们《星期日》在这新年里与诸公第一次的新见面，谨祝诸公的新禧！

　　中华民国八年七月十三日，成都市上初次发现小小的一种定期出版物——《星期日周刊》，这就是本报的产生纪念日。尔时世界的新潮，正从大西洋里飞也似的翻滚而来，在东亚大陆沿海的地方，受了这一番震荡，都激越起无数波涛澎湃的声音。那雪练似的长江，仿佛成了渡越"世界新潮"的电线，竟自冲破了夔门——巫峡——滟滪堆的滩头，笔直的透到细流纵贯的成都，也微微发出一些儿声响，这便是《星期日》产生的原故。

　　《星期日》的宣言曾经说过——

　　　　我们为什么要办这个周报？因为贪污黑暗的老世界，是过去的了。今后便是光明的世界，是要人人自觉的世界。可是这里还有许多人困于眼前的拘束，一时摆脱不开，尚不能走到自觉的地步上。如其竟没有几个人来大声呼唤一下，那是很不好的。因此我们才敢本着自家几个少数少年人的精神，来略说一点很容易懂的道理……

从这宣言可以知道《星期日》的目的，是"光明的世界"。《星期日》的希望，是"人人自觉"；《星期日》的作用，便是"要人人自觉去创造这光明的世界，迎受这光明的世界"。从消极方面说，要使人摆脱眼前的拘束，快断送这贪污黑暗的老世界，与它脱离关系。

人人应该自觉的是什么？我们的见解是——

（一）人生的究竟；

（二）世界的究竟。

人人应该摆脱的是什么？我们的见解是——

（一）现世界里一切束缚的、阶级的、掠夺的、残酷的有形制度，无形学说、风俗、习惯等等。

（二）自己旧生活里一切不自由、不平等、不道德、不经济的种种日常生活精神生活。

我们理想的、创造的、迎受的是——

人类进化生活中公同享受的最高幸福。

我们厌弃的、推倒的、排斥的是——

人类过去生活、现在生活中，身体、精神所遭逢的痛苦。

所以我们定了《星期日》的一种途径，便是——

从这黑暗世界里，促起人人的觉悟，解脱了眼前的一切束缚，根据着人生的究竟，创作人类公同享受的最高幸福的世界。

我们的组织，最初只是编辑、发行两部。送报、零售都是雇人来做的。到了第十四期的时候，我们延请学生加入本社，一面负撰述文字的责任，一面做劳动的配送事情。居然得到多数同情，踊跃报名，竟至四十余人。后来由这许多的朋友推让出几位代表：第一师范学校二位，留法预备学校二位，外国语专门学校二位。从第十五期起，就改由我们新加入的社员自行配送。这几位社员劳工的勤敏，社会自有公评，不待我们自述。但是这几位中，在本报上发表的文字，如像参差君、义伯君、劳工君的几次言论，和卜生君、特愚君、息争君的文艺同批评，都是很令人注意的。

到第二十五期，我们又延请小学生零售本报，国立高等师范附属小学校学生，一天的工夫就来了二十余人，内中有电政局局长邬君的令郎邬崑玉和财政厅曾子玉君的令郎，也都欢喜的来做这劳工神圣事情。并且邬崑玉这位小朋友，半天的工夫，售卖至一百六十份。这也可见各位小朋友的志愿和能力，实在是有为那养尊处优的人所不及的地方。还有两个小朋友要说说的，就是本社不平君的令弟穆世济和今是君的爱子孙崧峻，他两个得了这个机会，也同着他们附小的同学加入本社，使本社增添许多活泼的

精神，和将来前进的希望。

上面所说的，是我们过去二十五期里可纪念的历史。至于我们在这二十五期中所经过的障碍和困难，那就比较多了——可也不必说了！

本报在这短期的期间，社友劳人、纯一、倬章、新涛、助五位，都赴法留学，现在在飞渡大海波涛的时候。目前准备在今年赴欧美留学的尚有两人。将来为本报输入的材料，或者有可补现在的缺点，以付读者诸君希望的。

为我们所忏悔的，是介绍的学术太少了，批评与议论太庞杂了——太落边际、太琐碎了——更令我们感愧的，是在社会里还没有丝毫贡献，却是得社会扶助我们的非常之多。也还能相谅，不有压抑的事情发生。但是这是最使我们难受的。

总之，以前的生活是过去了的，我们后来的生活不能不努力奋勉，向着我们的途径做去，就是——

（一）自我的改造；

（二）社会的改造。

却是话虽是这样说，我们究竟要怎样才能够实行呀？那么就是——

（一）奋斗！

（二）牺牲！

这两种精神，便是我们付读者的期望和谋人类生活幸福同进步的志愿，即是我们的将来。我们就从今日起努力将来，并望读者诸君指示我们的将来！

# 余　慨

　　我之认识孙鸥，自然是他在成都大学文预科读书，我去教书的时候；然而我之晓得"以泊"这个别号，却在民国十五年春，创始主编《新川报》副刊的时候。

　　成都报纸之有副刊，可以说是创始于《新川报》。那时投稿的豪杰，并不像现在这样风起云涌，十几期以前，几乎是由主编者在唱独角戏，只要有投稿的莫不视之为哥仑布、麦哲伦，而投稿者，确乎也带有几分冒险性来尝试。

　　在这般冒险家中，就有一个别号"以泊"的，作品虽然不甚成熟，但是颇有新趣，并且从笔误之多上，也看得出他是一个胆大心粗的浪漫青年；也知道是成都大学的学生，却不知道他到底是哪一个。

　　终于有一天，就是"以泊"因得罪于女性同学，将要引起风潮的前两日，偕同李翰荪来问计于我，然后我才知道他叫孙鸥。

　　嗣后，我们常在学校中会见，他受了一次打击，很是颓丧。我却乘势劝他少做东西，多读书，多休养，并鼓励他把世俗的无聊毁誉看轻些，凡事只反求之于自己就是了。然而他对于我前半段的话，倒首肯了，而于我后半段的话，却始终没做到。

　　我去年暑期出游之前，还见着他一次，仍然是那样的固执。

及至冬初回来，方听说孙鸥死了。

孙鸥死了！——病死了！倒好！近几年来，正是中国青年倒霉的时候。青年本来就爱走直线，何况又当革命之时，大家都勇于走直线，业已造成了风习。（见雨果Victor Hugo所著*Quatervingt treize*。）彼此都在直线上，自然是要流血的。

孙鸥病死了，恭喜他入世尚浅，到底还抱着天真以没！自己没有坏，也还未多多受着抵抗坏的苦痛。

我今日还能编审他的遗稿，他的同学，还能来请我做这件事。我看稿子时，仍然有几分主编《新川报》副刊看"以泊"投稿时的心情，这总算我与孙鸥在师弟交情上的一件幸事！我拿现在情形看来，不能不这样想：要是孙鸥不死，他的思想激进了，我呢，还是五年来的我，难免不与某某等一样，与我相去愈远，遂捏造事实来攻击我，虽然我们并无什么利害的冲突。

现在的青年，其危机尚不在走直线，端在学会了他们所不满意的中年人、老年人最不好的坏毛病——含沙射影。假令孙鸥因走直线而死，到底还是进化程途中一员战死之鬼，较之走入鬼鬼祟祟的死路上，自以为得计，其实早把自己人格卖与了撒旦的人们，已不知光明到何等，何况他还克葆天真以没呢！所以我编究他这小册子时，很是酸辛，也为的孙鸥，也为的现在许多的青年！

# 可恶的话

## 其一

我吗？说老实话！我在你们贵国的四川省住了三十年了。哈哈！说不定比你们的岁数还要多些哩！

如其我把衣服换过：照你们一样，穿一件蓝洋布长衫，套一件青呢马褂，再加上一双薄底鞋。行动时，把额头伸在前面，眼睛向着地下，两只手前一挪后一挪，或是对抄在袖管里，并且一面走一面把脑袋左边一扭，右边一扭；不然就紧走几步，缓走几步，或是麻木不仁的站在街当中，不管车来马往，老是呆呆的死瞪着一家铺店，你瞧，难道不算是你们道地的中国人吗？

啊，不幸！我的鼻子到底要比你们高些，额头到底要比你们宽广些，皮色到底要比你们白些，虽然服食过你们这地方三十年的水土，晒过三十年的太阳，这些不同的地方，终究改不了！

尤其使我不能混在你们丛中，冒充得去的，更是我这一副肩膊，和我这一双手，你看……

说到这上面，今我想起了已往的一件故事，我可以告诉你：

那是光绪二十四年罢？红灯教还未起事的时候。不晓得怎么样的，街市上忽然起了一个谣言：便说天主教是吃小孩子的，你们不信，你们只管到教堂去看，玻璃瓶子里拿药水养着的不是小孩子的眼睛和脑髓吗？……话本不错，我们配药室里原是有这些东西的，如今就拿出来放在街上也不会惹人的疑心：会说我们吃人，然而在二十几年前那可了不得。第一怀恨我们的就是一般念书的人，他们是孔夫子的教徒，对于我们外教人自然是嗔恨的。而这般人在你们社会中，就如天主教之在中世纪欧罗巴社会中一样，无论一言一语，一举一动，都是普通人看做指路碑的，所以在那时只要念书人喊一声打教堂，一般就是得过教堂好处的也都愿出头来打冲锋……不过也有些纯良的教徒，一心卫护我们，只要外面有点儿风声，便要来告诉我们，或是替我们设法躲避。因此，那一天，一般打教堂的人才在怂恿的时候，我们早已晓得了。于是乎我们就改装起来，因为要躲避这场祸灾。

那时所穿的衣服也与你们现在的时装差不多：出手也有这么长，袖口也有这么大，腰身也有这么宽，只是没有领，在那时也是很时髦的时装；我还特别套一双枣儿红的摹本套袴，穿一双厚毡底的夫子鞋……你不懂得这名字吗？其实就是云头鞋，有寸多厚的底子，鞋帮又极浅，穿在脚上很不好走路，因为是斯文人穿的。——我这么一打扮，再加上一条假发辫，戴上一顶半新不旧的平顶瓜皮缎帽，帽上一枝荔枝大的红丝帽结，我自己觉得无论走到何处，定可以冒充一个道地中国人了。谁晓得我究竟把不同的地方泯灭不了！

我先打扮妥当，同着三个教徒先就从后门溜出。是时附近各街上早已布满了的人，自然也有不管闲事专门来看热闹的。我把头低着，把大衣袖将口鼻掩住，弓着背，做得很斯文的业已混过了三四条街了。不料后面一片声喊起来："那走过的不是洋鬼子吗？你看他那么宽的肩膊，你看他走路时不是直挺挺的吗……赶快抓住！洋鬼子不会跑，他是没有脚后跟的！……"哈哈！我们没有脚后跟，你说啦……我当时禁不住就飞跑起来，意思本要表示我是有脚后跟的，可是，这却糟了！……幸而遇见制台衙门的亲兵队方把我救护出来，不过瓜皮缎帽，假发辫和夫子鞋却做了那般暴徒的胜利品了。

从这时起，就令我长了一番见识：便是见了人总要看一看他的肩膊。真奇怪，你们中国人的肩膊何以都是那样又窄又弓的？念书的人，从幼至老，一天到晚伏在案上读"子曰学而……"向不晓得运动，那不说了；就是那般称为劳力的人，一个二个也总是那样竹竿似的：可怜横胸量去，连上两只膀膊，一总量不到一尺三寸。——我自然不能说你们全中国的人都是这样窄膀膊狭肩头，我也曾看见过一些例外的人：前几年有两个河南人到我这里来医疮，他们的身材并不算高大，可是他们那一副阔肩膊真可以比得上普鲁士人的；不过像这样的好身材实在太少太少……

## 其二

说到手也一样。你看，像你们这些手，我敢说就是在欧美一般十三四岁的孩子们当中，也难得寻出来的。我们那里的人对于女子们的手，虽也讲究的是"纤纤"，但只是比较的"纤纤"。比起我们那里的男子来，诚然要小些，要细些，要嫩些，要美观些——这自然说的是一般不做事的太太小姐们的手，若是寻常做事谋生的苦女人们，那却没有很大的差异的——然而和你们的贵手比起来，她们又算不得"纤纤"，或许中指头也有你们的大指头粗哩。

至于男子们的手，——我的不行，虽大而不粗——笼统点说：一个可以改你们的两个；设个比喻说：像一柄小蒲扇；引个古典说：算得是一张"巨灵之掌"；分析来说：是一个小仙人掌上栽了五根小红萝卜。这并不是夸张的话，实在情形确乎如此。就是文人学士的手也是肥而且大，厚而且粗……固然与体格也有关系：身体魁梧的手大，其实，就是与你们一样高大的人，他们的手也比在那边当华工的一般山东朋友的手大得多，有力得多。

农人的手么？却也不行。大的只管有，但是骨节不壮；单看还下得去，比较起来就不像样了。

这自然是限于遗传的原故。不过我想中国人以前体格，不见得比不上欧洲人的雄伟强壮，何以如今会这样，这须要由你们自己去研究，我只是知道了就完事。

## 其三

你为什么今天走来时不向我道个日安？

在我个人想来，总觉得彼此见面时，先互道一个日安，比较的有礼貌些。假如你们不是号称礼教之邦的中国人，我也不必说这番话了。你们在谈话之前诚然也要问一声"您好吗？"。可是，这在世界人类礼数中都是有的，唯有道日安一节，似乎欧洲人确比其他人类的礼节要周密些；因为他道了日安，其下仍有一句问好的话。

我听见我们那位举人先生常说，中国古人每天相见必问无恙，就是问好的意思。据考据家说，恙是一种虫名，最能于不知不觉间害人，中国的古人很害怕它，所以每天见面，必祝颂你不曾遇见这种虫。不管这话对不对，总之算是彼此见面的一种礼节。在我们欧洲人问好的意思，虽问的是行动如何，但话句中的涵义，原也一样的。所怪的就是你们中国讲礼讲教了几千年，为什么两人见面之下，除了问好，竟不曾制出一个日安来，——虽然在你们信函上倒也常见一些什么"晨安，午安……"，可是口头却没有一句通俗打招呼的冒头语。

问好这礼节，虽是比较普通，然而在家庭中间，在天天见面的至好朋友中间，多半是删了不用的。那吗，在未交言之先，彼此须得打个招呼的用语，在你们讲礼讲教的中国，除了一个"喂"字外，实在寻不出较妥的字眼了。有好些地方的人还最别致，他们的招呼用语，却是一句"你吃了饭不曾？"……

是的呀，就是你们这里也一样。……"你吃了饭不曾？……你吃了饭不曾？"哈哈！说起来这未免太讲究实际了！

吃饭本是人生一件大问题，所有人类中的恶行，国际间的竞争，都是从求生谋食上酿出来的，把吃饭一件事特别看重，用来做相问的话头，原也是情理间的事，我不能就非议它不对。比如设想我们现处在饥谨交加的年岁中，吃一顿饭真不容易，那我们一见面就问"你吃了饭不曾？"岂不是十分拍合的一件事？不过，用这句话的人，境地与用意全不是这样，他用它时，无非是拿来做打招呼的冒头语的，所以我往常想起来，总有点莫名其妙，你们是研究风俗史的，能把这句话的由来告诉我么？……

# 嘉游杂忆

## 大佛的脸

最近世的中国人所干出的事，已经很少不是故意在惹人发笑的了，比如袁世凯，要做皇帝就做皇帝好了，为什么要干着那瞒不着人的选举？又比如张宗昌到底是什么东西，他也要讲起礼义廉耻，中国之罗盘来？

再加上我们四川一般"蛾子"般暴发军人的举动，三十年后的青年，有时看到这页历史，真不知如何的难过！

我不管，我还要再说一个小故事：这就是嘉定大佛的脸。

嘉定的大佛是就山岩凿成的，正当导江、沫江与岷江相会之处。据书上说是唐开元中海通和尚凿的，高三百六十尺，顶围十丈，目广二丈，虽然以现用的裁尺去量，或许要小些，然而到底是一件大工程。书上又说：为楼十三层以覆之，名曰天宁阁，明末兵燹后被焚毁，由是这尊石佛便露坐了快三百年。

我十岁时曾由它足下走过一次，是下水；十六岁时又走过一次，是上水。那时看得最有趣的，就是大佛的脸：广二丈的目是很明显的，目上层生了一列野草，俨然就是长眉，两颊甚红，船老板说是还愿的人用土红涂刷成的，究不知道是不是，总而言之，天然的痕迹多，看起来总觉有趣。

不幸，前年十月重到嘉定，再见石佛，令我大骇了一跳，石佛的头已没见了，不是没见，是在它的本来石脸之外，被人给它加了一个面套，它的本来面目，也如当今好多世俗人一样，藏了起来了。

据说这个面套，又是什么陈师长的功德，花了好几千块钱，费了很大的事，才把若干的石条用石灰给它敷上，外面又通用调了红色的石灰抹了一层，鼻子自然没有，而眼睛眉毛与口，也只好劳烦匠人先生的大笔。

我不但为之大骇，而且还为之思索了许久许久，一直想不出做这面套的用意：若谓之功德，实在是亵渎了菩萨，若谓之美观，实在是恶化了风景。

而且，在前年，因杨森的炮火，曾把大佛面套的左眼打了一个窟窿，我以为从此可以被风雨把这讨厌的面套给它撕去了罢？不想今年正月再去看时，这窟窿却又补修好了，不知是什么善人的力量，据说也花了好些钱……

依我的鄙见，大家既肯花钱花米干这种不急之务，倒不如把再上去的东坡读书楼培修培修，此地风景既佳，也算是名贤遗迹，一任军队残破之后，再也无人过问，更过几年，也是万景楼的后尘了。

然而，大家宁可去造大佛的丑面套，他们的趣味如此，怎么说哩！

# 题 壁

自从秦始皇在泰山勒石之后，凡中国到处的庙宇、客店的墙壁就遭了殃了。

> 诗曰：许久不见诗人面，不觉诗人丈二长。若非诗人长丈二，如何放屁上高墙！

> 又曰：如此放大屁，因何墙不倒？那边也有诗，所以抵住了。

不管是人屁是狗屁，到底还是诗。如今世风日下，我于由成都到嘉定的路上，一落客店，必先举烛以照墙壁，除了"张二、王三某日宿此"，或"东房的婆娘是……"外，惟有几首"身在路上心在家"一类的旧作，要找一二篇可以解颐的屁，实在不如在东路客店中的方便。

在嘉定时，我以为此地既有山水之胜，题壁的东西必多，所以游凌云、游乌尤时，最注意的就是白粉壁墙。

粉墙上固然不干净，只是太退化，太令人失望：大抵都是土红白墨涂着"×占魁到此一游"；惟残破的东坡楼的楼梯边，或石碑上，倒还题了几首屁诗，可惜还不曾记下，现在最记得的，只有一首，一字不改，照样的写在下面：

> 保国洋人威远军，不未（为）己事不未明（为名），单（丹）心保国刀兵洞（动），保定江山得太平。

虽未署名，但细玩诗意，一定是个爱国军人，感慨时事的即兴之作，虽是别字连篇，可也不亚于吴佩孚的大作。

于此，吾又有慨焉：便是现在的文风衰颓，虽曾经礼部尚书章士钊极力提倡复古作文，然而"猫儿报"的首篇，总往往是段祺瑞的内感冒外感冒，足见武人不但能乱国，而且还是文章魁首，即以嘉定名胜处的题壁而论，好几首可传之作，也大都出于武人之手。这大概是气运如此，即题壁之风不盛，我想也绝不由于玉皇阁之一篇告示。玉皇阁建于龙泓寺的半山上，贴了一篇告示，亦复"可爱"，照录于后：

> 玉皇神像庙宇，现以（已）培修光华，凡各界诸公有游览者，必须保护，方为获福也。后有无知者再来毁坏门壁，乱写乱涂等弊，被人拿获交与住持、善士，却（绝）不姑宽！

## 名实两致的钱钞

予生也晚，尚未赶上用咸丰、同治大当十钱的盛世。直到辛亥以后，才尝了一点军用票折合的滋味。

军用票的罪恶太大，当它盛行时，凡人所喜欢的硬洋钱大都被它赶出市面，赶到粮户们的地窖里去藏着；虽以胡都督之淫威，终不能把它的身份抬来与硬洋钱一样，从此以后，大家才一听见政府有发行纸币的消息，遂想起了军用票的故事……

弄得好几个人都因打算发钞票，失了民间的信仰，自然而然的吃了"倒下"的大亏。

"前车之覆，后车之鉴"，于是后来作恶的人便新翻花样，晓得你们不爱纸，而爱硬货，因就从硬货上作弊：货还是硬的，不过货面的价值越大，货的本身却越薄越小，越是不堪赏鉴。

况乎，作弊是公许的，今非昔比，坐轿的人照例是比抬轿的弱；既然你可以无法无天的作弊，我又有何不可！况且，我的力量比你大，于是造币厂、铜元局就乡村化了起来。

不过，民间也自然有一种调剂的方法：这方法就是行市。你们的手脚做得快，我们的方法也来得密，因此，一块洋钱在十六年前换一千文的，于今涨到八千以上！表面上是涨，骨子里却还跌了价。其故，就在货币的真价值上；十六年前的一千文，实实在在有一千枚小铜钱的价值；于今的八千几，实在只当了八百多枚的小铜钱，加以物产价值的增高，愈使货币的价值低落，作恶的人所得几何？徒然把平衡的生活程度弄参差了。

现在，各地有各地的币制，比如成都，大抵以鹅眼钱两枚作现市币价十枚，大青铜钱一枚又抵鹅眼钱两枚。至于嘉定比较更为复杂，除上述通行的两种制度外，还有把原有当五十的青铜元作为当七十，把原有当二十的青铜元作为当三十。但这两种铜元是限于青铜而系双旗花纹比较粗劣的，若夫像以前紫铜而系龙纹的当十当二十两种铜元，价值又不相同。总之，民间的折合都有一种不成文法的公约，且都合于经济学的原理，有心人都应该随时记载下来，备作将来的史料的。

说到史料，我又想起了，像这样的折合法，也是"古已有之"的。似乎是六朝时的梁武帝罢，曾重铸过一种五铢钱，当时很通行，后来罢去铜钱，改铸铁钱，于是情形一变。也如现在四川的光景一样：造币厂、铜元局都乡村化了，不过那时名之曰私铸。私铸一多，那折合的办法就应运而生：在初，一百枚铁钱值铜钱七十枚，其后跌到值铜钱三十五枚。

我想，再照现在的办法干下去，一定可以弄到一枚大青铜钱值现行币五十文或一百文的。那吗，青羊宫席棚下的一碗茶，势非卖到二千文不可，而随手买花生十枚，也得要费去二三百文，歘欤盛哉，斯真可谓说大话用小钱矣！

# 今日！今日！

前年的今日，在世界上，尤其是在中国境内，显然有两种相反的现象表现出来：一是悲哀的，一是欣慰的。

悲哀是正面应有的现象，我们不必说它。因为在前年今日之后，接连好几个月，都有严重的、深切的形势，在各地方表现得很明白，虽然其中不少是应酬式的。

我这里要借机会说的，乃是极其暧昧的反面上的现象，即所谓欣慰的现象是也。

孙中山先生是一个有学问，有思想，有计画，有眼光，而且富有宽大的襟度，坚强的精神，猛进的魄力，为中国近世极罕有的伟人，而绝非吾国因袭想象中的英雄。

他毕生努力的只在"自强"与"反抗"一条线路上。因他生在自己不长进的积弱的中国，所以最讨厌他的便是那般以侵略为务而骄傲得了不得的所谓帝国主义的强盗们。在诸盗中间，自然以头一个抢入中国，手最辣，心最毒，鼻孔撩得最高的那个英国为顶恶了。它当着强盗头儿，把中国抢了几十年，从未受过主人一声咤叱，久矣夫行所无事的了，哪里想到会有一个尚未握有十分实权、具有百分强力的孙逸仙，居然要拿出主人架子来，说："我要收回海关。"这真是一个震惊。大约比章士钊忽然被段祺瑞提拔了一下，因就受宠若"惊"的那个"惊"还厉害得多。恰恰近东的土耳其也居然挺起了腰杆。假若远东的中国再站起来，这打抢的营生，岂不连根子都会动摇了！于是乎，强盗头儿遂把这堂堂正正的主人翁恨入骨髓，随后一想，骇是骇他不倒的，要是真正打起仗来，主人翁的气焰既高，手头的家伙已非复八十年前的羊角叉，二十年前的南阳刀，况乎还有点两拳不敌八手之慨。因而就用下奸计：从荷包里挖出少许的赃银，买了一般不成器的败家子弟，从中捣乱。独惜那般败家子弟都不高明，才一出头，就遭大家的反对，一直弄到无容身之地，而强盗头儿损失了赃银，还说不出口，还加倍的吃惊。

因为种种原故，所以在前年今日之前好久，路透社就高高兴兴捏造起孙逸仙已死的谣言！何幸果然有个前年的今日，他们的欣慰，还能以言语形容吗？

除知强盗头儿英国之外，感此欣慰之情的，自然就是一般大大小小，老老少少，新新旧旧的家贼。这些家贼中间，第一自然就是一般北洋军狗，（我这里说的北洋军狗的范围，并不仅仅限于从小站出身的，并且不仅仅限于长江以北，所谓什么皖系、直系那般东西，就连奉天的匪军，营私自便的联省自治派，仰息北京臭茅厕的一伙地方土匪，都包括在内，谓之北洋，因为他们都是以北洋为正统的原故。）他们自以为咱们的运气好，趁你孙文捣乱，得亏咱们的宫保提拔，尊荣而且大富了，你孙文为什么还想生事！革命只许革一次，把清朝的宣统皇帝革掉也就罢了，你为什么还要革？还要革就是向我们造反……可是你的党羽多，你又会说，平日把你莫计奈何，幸得天老爷有眼睛，你也有今日！

这种思想，从段祺瑞、张作霖等人起一直到我们四川的杨森止，都如此。虽然杨森此刻不再"身入敌境"，而喊"此先总理"来了。其次的小贼们，我也得一般一般的给他们代讲出来。只是时间可贵，权且让他们嗳唔着，仅把他们的类别提一提如下：

满奴的余孽等；

袁贼的余党等（专指吃笔墨饭如杨度、鳌施渔以及一伙甘心劝进的东西）；

师爷派的研究系；

弄小巧的政学系；

口口声声说"我们是做官的"一般老官僚新官僚；

口口声声说"我们在什么言什么"的一般人；

口口声声喊"项城""合肥"……（就四川省外的而言）；

驹"简阳""金堂"……（就四川省内的而言）；

吃饱了饭叹人心不古的一般浑虫；

会做骈四俪六自以为名士得了不得的书办们；

读了几句不哼的书，除《东莱博议》而外，不知有他；

以为做得出一篇"钓者负鱼，鱼何负于钓"式的东西，就是保存国粹的那伙小子；

看隔年皇历的乡约保正们；

赏玩了几年西洋景回来，自以为抱负甚大，其实一事不知的许多留学生们；

还有……

还有……

一时也数不清楚了。

# 《乱谈》三则

## 此之谓武力民众化

杨森先生别无他长，就是喜欢闹点矛盾笑话，一发言，一动作，无一不是新新《笑林广记》上的资料。比如去年乘机溜到宜昌去时，同一天竟会发出两封电报：向武昌说是"恭就军职"，向郑州说是"身入敌境"。你们想，这除了他先生还谁有这宗本事？只不知这本领是那一位代书传给他的？或不是傅振烈罢！

最近，杨森先生除了痛喊先总理不算，还闹起武力民众化来，不过他的解释，又不平常，仍然是新新《笑林广记》上起兴事。

他说："本军地狭额多，筹办月捐，实属万不得已之举，矧此军事时期，非武力为民众化，不能救国保民……"我不知这又是那一位代书替他拟的稿子，或仍不是傅振烈罢！

## 饥兵政策

吃饭所以求生，打仗所以求死，生死不相容，所以要打仗就不必吃饭。这是一个逻辑。

《官场现形记》上某道台的主意也不错：兵不要吃饭，上了阵自会向敌人扑去，并引他家喂猫的方法为证，说是猫吃饱了就不捉老鼠。

吾川的杨森深通此理，他治军的方法就是两稀一干，募兵的策略就是寓赈于军，因此才能在一年之中，从一个师扩充到全国第二的兵力。便是其他的军官也都深识此妙，所以他们的钱只管百万千万，而兵则未见能饱，他们或不一定打算中饱肥己，可以说，他们是借此在练兵。

## 如此中国就太平了

到征兵考验时，一百个青年中只有一两个不曾受过国民教育，目不识丁的；只有三四个不曾受过高小教育，能识字而不能写的；只有十来个不曾受过中等教育，写得出而不漂亮的。

虽不人人穿花缎衣服，但田间的农工起码也穿的是漂亮的白布汗衣，并无补缀的痕迹。

上百人的村子中，便有一所电动机械工厂。

上千人的城市里，便有一所极完备的公共实验室，和一所很下得去的图书馆。

天空中看不见电线，但随时随地都可与五千里以外的朋友讲话，或听音乐，听讲演。

由成都到北京坐四天的电动车，还嫌慢了，有事的多半改乘六七小时便到的飞艇。

长江里的轮船通改了样子，除极笨的货船外，便是极轻便的游船，随时有新式滑艇的比赛，比赛的路线大抵从一百里起码。

曾经当过师长、旅长的人，退伍之后，仍旧干他们的本行：剪发的去剪发，挖田的去挖田；或重新到大学里去当勤苦的学生。

广东、福建的人都能说国语。

游遍全国不带被盖卷、洗脸盆等物。

春秋佳日，到处的公园或公共场所中都有五十人以上的乐队在那里演奏，而音乐的感兴力可以使几里外的鸟儿都能与之和鸣。听音乐的人，从六七岁的男女到七八十岁的男女，都静立或静坐在四处领略，连经几小时，除采声外，听不见一点鄙骂。

游戏的团体，几乎遍地都是；到处都听得见优美的情歌，老年人听了绝不以为不然。

大城的报纸发行额大都在一百万份以上；上海、广州在昨夜出的妒杀案，至迟在成都今日的午报上就有四栏的记事，通用六号兼八号字印；而出事时所摄的照片，也极清晰的附印了好几张。

世界科学年鉴上，年年都有很多的中国人名：如诺贝尔等光荣的奖金，大约隔两届总必落在中国人的头上。

政治上的讨论，露天讨论的力量比屋里讨论的力量大；而且，除了事务员与职员外，就是二十岁的小妈妈也要抱着她小宝宝来参与的。

# 热闹中的记言

一，热是真热。即以着笔之今日而言，在上午八点钟，平常家用之寒暑表上，水银已上升到八十六度。闹哩，亦真闹。有嗡嗡之声，有丁丁之声，有镗镗之声，有轰隆之声，乃至于诸般不能用文字写出之声，更不必说从各各高等动物之诸窍中有意识无意识而发出者。记言云者，说过的话，将其痕迹留下之谓也。原夫话痕之可留者，据说，不必一定是圣经贤传，也不必一定是名人言录、道学先生语录；乃至堂堂正正墙上，用"国色"或苟简一点用白石灰、土红等所大书的"起来""打倒"，一直到尿坑之侧，以瓦片画出的"乱屙尿是归而"等等，只要合了时会，或经什么人赏识了，都可留的，且据说，都有留的价值。

二，说话本来很难。无论怎样说法，难免无可诋之漏洞，何况再经一度之翻译。韩柳欧苏八大家，我们何尝不可骂之为狗屁不通，人人所恭维了不得的莎士比亚，而福禄特尔便曾批评之为"狂人醉语"。

三，不过中国老话说的"天子无戏言"。大凡位越高、权越重的角色，那怕便是一个道地的浑小子，似乎说过的话，便也如灼过火印一般，是作算的，作算便有至理存焉。

四，然而亦有不然者。即如当今之世，名言伙颐，乃至说一句话，赌一个咒，似乎灼过火印者矣。假如你真个信了，那你起码也是一个道地的浑小子。如今是硁硁然的小人（这小人的涵义是细民），才讲究言哩必信，行哩必果，你懂得吗？

五，所以我们现在但看一个人的话痕，是为艺术而吹吹的吗？抑或是要顾着行的？假如张家狗娃子非常诚恳的向着李家火娃子讲交情，一说一个笑："你哥子，我兄弟，你不吃，我怄气。"而乘势便踢他一脚，将他油糕夺去，复又从而安慰火娃子曰："咱们要好弟兄，打打夺夺见得什么！别哭，哭了，就生分了。"如此者，张家狗娃子便是名人，而位必高，权必重，其话痕中便有至理存焉。

六，阿Q打不过人，结实挨了之后，心头以为我总打赢了你。这还不算，要是我处此境，尚必说几句硬话曰："你小子打得好！是角色便待着，待我回去了再来！"则无论你待与不待，你都输了：待，是你服从了我的吩咐；不待，你胆怯逃走了，虽然我挨了，而你在论理上都输定了。此之谓"长期抵抗"。假使其间而无至理，我们的伟人名人何至挂在口上？而我亦何至窃取而论之？

七，孟老爹之后的荀老爹，说过一句话："乱世之文匿而采"。乱世之至理忒多，而乱世之至理又十九是弯弯的。上海法学名流吴大才子，绞脑汁，挖肾脏，草拟宪法半载，而正名曰："中华民国三民主义共和国"。其中之理或有而未至，或至而无大理，故舆论界乃得而批评之。今得孙科先生出而证明其对，则吴大才子又安得而不对哉！有此一名，其他都可代表矣。

八，谈理之言，且须弯弯而要说得好，更不必说"琐语呓言"了，故其卒也，鲜不为"狂人醉语"。况在又热又闹之中而记言，则所记话痕，是什么价值，从可想矣。以上八条，权作序例，大家愿闻，且待我慢慢的胡说八道。

# 危城追忆

## 序

　　据父老之言，再据典籍所载，号称西部大都会的成都，实实从张献忠老爹把它残破毁灭之后，隔了数十年，到有清康熙时代，把它缩小重建以来，虽然二百多年，并不是怎么一个太平年成；光是四川，从白莲教作乱，从王三槐造反，中间还经过声势很大的石达开的西进，蓝大顺、李短褡褡的北上，以迄于余蛮子之扶清灭洋，红灯教之吞符念咒，几何不是一个刀兵世界！然而成都的城墙，却从未染过人血，成都的空气，却从未混入过硝烟药味。这不能不说是它的"八字"生得太好了。

　　星相家有言：一个人从没有行一辈子红运，过一辈子顺境的，百年之间，总不免有几年的蹭蹬日子。成都城，如其把它人格化了来说，则辛亥年（公元一九一一年）十月十八日兵变，可以算是它蹭蹬运的开始了。

　　别的城也有被围攻过，也有在城里巷战过。这大抵是甲乙两队人马，一方面据城而守，一方面拊城以攻。如其攻者占了胜者，而守者犹不甘退让，这便弄到了巷战，但这形势绝不能久，而全个城池终究只落在胜的一方面的手中，这表演法，在成都也是有过的，似乎太过平常了，所以它还孕育出三次特殊的表演，为他城从没有听闻过的。

三次的表演都是这样：甲乙两队人马全塞在城墙以内，各霸住一两道城门，各霸住若干条街道，有时还把城门关了，把全城人民关在城内参观、参听他们厉害的杀法，直到有一方自行退出城去为止。

一、二两次的表演俱在民国六年。第一次的主要演员是罗佩金与刘存厚，第二次的主要演员是戴戡与刘存厚。两次表演，我都躬逢其盛。那时已经认为如此争城以战，实在蠢极了，战争的得失利钝，那里只在半个成都的放弃与占领。并且认为人类是聪明的，而我们四川人更聪明，我们四川的军人们更更聪明，聪明人不会干蠢事，至低限度也不会再干蠢事。然而谁知道成都城的蹭蹬运到底还没有走完哩。事隔一十五年，到民国二十一年，而我们更更聪明的人们居然又干了一次蠢事，这便是第三次，这便是我此刻所追忆的，或者是末了的那一次——实在不敢肯定说：就是末了一次，我们更更聪明的人们还多哩！

这第三次的演员，是那时所称的国民革命军第二十四军与国民革命军第二十九军，都是四川土生土长的队伍。事隔四年，许多演员的姓名行号都记不清楚了，虽然又曾躬逢其盛，只恍惚记得两位军长的姓名，一位叫刘文辉，一位叫田颂尧罢？

姓名尚且恍惚，还能说到他们为什么要来如此一次表演的渊源？那自然不能了！何况那是国家大事，将来自有直笔的史家会代写出的。如其是值不得史家劳神的大事，那更用不着去说它了。然而事隔四年，前尘如梦，我又为什么要追忆呢？这可难说了。只能说，我于今年今月的一天，忽然走上城墙，以望乡景，看见城墙上横了一道土埂，恰有人说，这就是那年二十四军与二十九军火并时的战垒。——或者不是的，因为民国二十四年共产党的队伍闹得很近，成都城墙曾由城工委员会大加整顿过一次，凡以前一般胆大的军爷偷拆了的垛子，即文言所谓雉堞，也一律恢复起来，并建了好些堡垒，则三年前的战垒，如何还能存在？不过大家既如是说，姑且作为是真的，也没有什么了不起的关系。——无意之间遂联想起那回争战时，许多极其有趣的小事情，有些是亲身的遭遇，有些是朋友们的遭逢。眼看着今日的景致，回想到当日的情形，真忍不住要大叹一声："更更聪明的人，原来才是专干蠢事的！"

既发生了这点感慨，而那些有趣的小事情像电影似的，一闪一闪，闪在脑际；幸而身亲了三次关着城门打仗的盛事，犹然是好脚好手的一个完人；于是就悠悠然提起笔来，把它们一段一段的写出了。

## 为的公馆

无论什么人来推测这九里三分的成都，实在不会再有对垒的事体了。举凡大炮、机关枪、百克门、手榴弹、迫击炮、步枪、手枪，这一切曾在城内大街小巷，以及在皇城煤山，在北门大桥，在各民居的屋顶，发过威风，吃过人肉的东西，已全般移到威远、荣县一带去了。

"大概不会再有什么冲突了罢？"虽然听见二十九军大队人马，浩浩荡荡从川北一带开来，已经到达四十里之遥的新都；

虽然看见二十四军留守在成都南门一只角上的少数队伍，仍然雄赳赳气昂昂在街市上闯来闯去；虽然看见二十四军的留守师长康清，因为要保护他那坐落在西丁字街的第二个公馆，仍然把他的效忠的队伍，分配在青石桥，在烟袋巷，在三桥，在红照壁，在磨子街，重新把街沿石条撬来，砌成二尺来厚，人许高的战垒，做得杀气腾腾的模样。

"康久明这家伙，到底也是中级军官学堂出身的，到底也做到师长，到底也有过战事经验，总不会蠢到想以他这点点子队伍来抵抗大队的二十九军罢？"

"依我们的想法，必不会蠢到如此地步。"

"何况他公馆又不止西丁字街的一院。九龙巷内那么华丽的一大院，尚且不这样保护哩。"

"自然啰！实在无特别保护的必要。我们四川军人就只这点还聪明，内战只管内战，胜负只管有胜负，而彼此的私产，却有个默契，是不准妄动的。因此，大家也才心安理得的关起门来打。"

"何况他的细软早已搬空，眷属也早安顿好了。光为一院空房子，也不犯着叫自己的兵士流血，叫百姓们再受惊恐啦！"

"是极，是极，从各方面想来，康久明总不会比我们还不聪明。这点点留守队伍，一定在二十九军进城之前，便会撤退的，巷战的举动，一定不会再有了！"

大家全在这样着想。所以我也于吃了早饭之后——大约是民国二十一年十二月下半个月的一天——将近中午，很逍遥的从指挥街的佃居的地方走出，沿磨子街、红照壁、三桥这些阵地，随同一般叫卖小贩，和一般或者是出来闲游的斯文人，越过七八处战垒——只管杀气腾腾，而若干穿着褴褛的兵士只管持着步枪，悬着手榴弹，注意的向战垒外面窥探着，幸而还容许我们这般所谓普通人，从战垒中间来往，也不受什么检查——一直到西御街，居然坐上一辆人力车，萧萧闲闲的被拉到奎星楼一位老先生家来，赴他的宴会。

老先生为什么会选在这一天请客？那我不能代答，或者也事出偶然。只是谈到一点过钟，来客仍只我和珍两个，绝不见第三人来到。

珍有点慨然了："中国人的时间，真是太不值价！每每是约好了十二点钟，到齐总在两点过钟。依照时间这个观念，大家好像从来便没有过！"

于是一篇应时的亡国论，不由就在主客三人的口中滚了出来；将竭的语源因又重新汹涌了一会，而谈资便又落到当前的内战上。

"你们赶快躲避！外面军队打门打户的拉人来了！"中年的贤主妇如此惊惶的飞跑上楼来报了这一个凶信。

老先生在二十一年前果然被拉去过，几乎命丧黄泉，当然顶紧张了，跳起来连连问他太太："为啥子事，拉人？……"

"不晓得！不晓得！只听见打门，说是二十四军来拉人，要'开红山'了呀！……我们女人家不要紧，拼着一条命！……你们赶快躲出后门去！……快！……快"

自然不能再由我们有思索、有讨论的余地了，尾随着惊惶失措的贤主妇，下楼穿室，一直奔出后门，来到比较更为清静的吉祥街上。

我的呢帽和钱包幸而还在手上。

吉祥街清静到听不见一点人声。天空也是静穆的。灰色的云幕有些地方裂出了一些缝，看得见蔚蓝的天色。日光也这样一闪一闪的漏下来看人。长青树也巍然不动的，挺立在街的两畔。自然现象如此，何曾像是要拉人，要"开红山"的光景！

然而老先生还是那么彷徨四顾的道："是一回啥子事？……我们往那里去呢？"

珍比较镇静，却是也说不出是一回什么事，也不敢主张往那里去。他也住在奎星楼的，不过在东头，我想他急于回去看看他家情形的成分，怕要多些罢？

我则主张向东头走，且到长顺街去探看一下是个什么样儿。我根本就不信二十四军在这时候会再进城。如其是开了红山，至少也听得见一点男哭女号，或者枪声啦！当今之世的丘八太爷们，断没有手持钢刀，连砍数十百人的蛮气力的。

大家只好迟迟疑疑的向东头走来。十数步之远，一个粗小子，担了担冷水，踏脚摆手的迎面走来。

"小孩子，那头没有啥子事情吗？"老先生急忙的这样问了句。

"没有！军队过了，扎口子的兵都撤了。"

我直觉的就感到定是二十九军进了城，所谓打门打户来拉人者，一定是照规矩的事前清查二十四军之误会也。

老先生和珍也深以我的推测为然，于是放大胆子走到东口。果然整队的二十九军正从长顺街经过，两畔关了门的铺户，又都把铺门打开，人们仍那样看城隍出驾似的，挤在阶沿上看过队伍的热闹。

我们仍然转到奎星楼街。珍的太太同着她的女儿们也站在大门外，笑嘻嘻述说起初二十九军的前哨，如何打门打户来搜索二十四军的情形。大家谈到老先生太太的那种误会，连老先生也笑了。

老先生还要邀约我们再去他府上，享受厨子已经预备好的盛筵："今天的客，恐怕就只你们两位了！……"

我于他走后，心中忽然一动："二十九军这一进城，必然要乘着胜势，将数年以来，便隐然划归二十四军势力范围之内的南门，加以占领的。如果康久明真个不蠢，真个有如我们所料，那么，是太平无事了。但是，当军人的，每每是天上星宿临凡，他们的心思行动，向不是我们凡人所能料定，你们认定不会如此的，他们却必然如此，这种例子太多了，我安得不跟在军队后面，走回指挥街去看看呢！"

跟着军队，果就走得通吗？没把握！有没有危险？没把握！回去看看，又怎么样？也说不出。只是说走就走，起初还只是试试看。

当我走到长顺街，大概在前面走的军队已是末后的一队。与队伍相距十数步的后面，全是一般大概只为看热闹的群众。他们已经尝够了巷战的滋味，他们已把用性命相搏斗的战事看成了儿戏，他们并不知道以人杀人的事情含有什么重要性！即如我个人，纵然跟随在作战的队伍后面走着，而心里老是那么坦然。

渐渐走到将军衙门的后墙，——就是二十四军的军部，此次巷战中占着最重要的地位——忽然听见噼哩叭喇一阵步枪声,从将军衙门里面打起来。街上的人全说:"将军衙门夺占了,这放的是威武炮。早晓得今天这样容容易易的就到了手,个多月前,何苦拼着死那们多人,还把百姓们的房子打烂了多少呀!"

枪声一响,跟随看热闹的人便散去了一半。在前头走便步的队伍,也开着跑步奔了去。

我无意的同着一个大汉子向东一拐,便走进仁厚街。

这与奎星楼、吉祥街一样,原是一些小胡同,顶多只街口上有一两家裁缝铺,其余全是住家的。太平时节,将大门打开,不太平时节,将大门关上,行人老是那么稀稀的几个,光是从街面上,你是看不出什么来的,除非街口上有兵把守,叫"不准通过"!

幸而一直走到东城根街,都没有叫"不准通过"的地方,而东城根街亦复同长顺街一样,有许多人在来往。

我也和以前的轿夫、当前的车夫一样了,只要有一"步儿"可省,绝不肯去走那直角形的平坦而宽的马路,一定要打从那弯弯曲曲,又窄又小的八寺巷钻出去,再打从西鹅市巷抄到贡院街来的。

另外一种理由是西南角也有一阵时密时疏的枪声,明明表示着二十四军曾经驻过大军的西校场,曾经训练过下级干部的什么地方,已被二十九军占去。说不定和残余的二十四军正在起冲突。战地上当然走不通,即接近战地如陕西街、汪家拐等街口,自然也走不通,并且也危险,冷炮子是没有眼睛的。

贡院街上,人已不多。一般卖牛肉的回教徒——要不是他们自己声明出来，你是绝对认识不出的。顶可惜是他们的洁癖，已经损失了，我们每每打从他们那里走过时，总不免要把鼻子捏着——都挤坐在铺门里面，探头探脑的在窥看。朝南走下去，便是三桥，也就是我来时的路；应该如此走的。但是才走到东西两御街交口处，业已看见当中那道宽桥上，已临时堆砌起了一道土垒，有半人高，好多兵士都跪伏在土垒后面，执着枪，瞄准似的在放，只是不很密，偶尔的一两枪。

我这时可就作难了。回头吗，业已走到此地，再前，只短短两条街，便到我们家了。但三桥不能走，余下可走的路，却又不晓得情形如何。

同行的大汉子是回文庙前街的，此时在街口上徘徊的，也只我们二个。彼此一商量：走罢！且把东御街走完，又看如何！

东御街也算一条大街，是成都卖铜器的集中的地方。此刻比贡院街还为寂寞无人，各家铺子全紧紧的关着，半扇门也没有打开的。前后一望，沿着右边檐阶走的，仅仅我们两个外表很是消闲的人。

我们正不约而同的放开脚步，小跑似的向东头走着时，忽然迎面来了一大队兵。虽然前面的旗子是卷着看不出是何军何队，然而可以相信是二十九军。不然，他们一定不会整着队伍，安安闲闲的前进了。我们也不约而同的把脚步放缓下来，免得引起他们的疑心。

然而这一营人——足有一营，说不定还不止此数哩——走过时，到底很有些兵，诧异的把我们看了几眼。而队伍中间，又确乎背蓊了好几个穿长衣穿短衣的所谓普通人，这一定是嫌疑犯了。

在这种机会中，要博得一个嫌疑犯的头衔，那是太容易的事，比如我们这两个就很像。而何以独免呢？除了说运气外，我想，我那顶呢帽顶有关系了。它将我那不好看的头发一掩，再配上马褂，公然是一个绅士模样的人；而那位大汉子的气派也好，所以才免去领队几位官长的猜疑，只随便瞧了我们一眼就过去了，弟兄伙自然不好动手。

但是东御街一走完，朝南一拐的盐市口和西东大街口，仍然是人来人往的，虽则铺子还是关着在，也和少城的长顺街一样。

我们越发胆壮了，因为朝南一过锦江桥，来到粪草湖街，人越发多了，并且都朝着南头在走。

哈，糟糕！刚刚到得南头，便被阻住了。

粪草湖再南，便是烟袋巷。康清的兵士所筑的临时战垒，就在烟袋巷的南口。据群众在粪草湖南头的一般人说，二十九军的大队刚才开过去。

不错，在烟袋巷斜斜弯着的地方，还看得见后卫的兵士，持着枪，前后顾盼着，并一面向这畔的群众挥着手喊道："不准过来！……前面正在作战！"

这不必要他通知，只听那猛然而起的繁密的枪声，自然晓得康清的兵士果真没有撤退，他们果真不惜牺牲来抵抗加十倍的二十九军，以保护他们师长的一院空落落的公馆。

正在作战，自然走不通了，然而聚集在这一畔的观众们——尤其是一般兴高采烈的小孩们——却喧噪着，很想跑过去亲眼看看打仗到底是一个什么情形。他们已被二十年的内战训练成一种好斗的天性了！

大约有十多分钟，枪声还零零落落的在震响时，人们的情绪忽的紧张起来，一齐喊道："打伤了一个！……"

沿着烟袋巷西边檐阶上，急急忙忙走来一个旗下老妇人，右手挽了只竹篮，左手举着，似乎手腕已经打断，血水把那软垂着的手掌和五指全染得像一个生剥的老鼠，鲜血点点滴滴的朝下淌。

她一路哼着："痛死了！……痛死了！"人们全围绕着她，说不出话来。

恰巧一辆人力车从转轮藏街拉来，我遂说道："你赶快坐车到平安桥法国医院去！"

我代她付了一千文的车钱，几个热心观众便扶她上车，我们只能做到这步，她的生与死，只好让她的命运去安排了！这是保护公馆之战的第一个不值价的牺牲者！

枪声更稀了，但烟袋巷转弯地方的后卫，犹然阻着人们不许过去。大汉子便说："文庙前街一定通不过的，我转去了。"

我哩，却不。指挥街恰在烟袋巷之南，算来只隔短短一条街了，而且很相信康清的兵士一定抵挡不住，二十九军一定要追到南门，则烟袋巷与指挥街之间，决无把守之必要。我于是遂决定再等半点钟。

果然，不到一刻钟，前面的后卫兵士忽然提着枪走了。

既然没有人阻挡，于是有三个人便大摇大摆的直向烟袋巷走去。我自然是其中的一个，而且是领头的。

把那斜弯地方一走过，就对直看见前头情形：临时战垒已拆毁了一半，兵是很多的，一辆大汽车正由若干兵士推着，从西丁字街向磨子街走去。

三个背着枪的兵正迎面从街心走来，一路喧哗着谈论他们适才的胜利。中间一个兵的手上，格外提了一支步枪，一带子弹，不消说，是他们的战利品了。

我第一个先走到战垒前，也第一个先看见一具死尸，倒栽在战垒后面。我虽然身经了三次巷战，听过无数的枪炮声，而在二十年中，看见战死的尸身，这总算第一次。但是，我一点不动感情，觉得这也是寻常的死。我极力寻找我的不忍，和应该有的惊惧，然而不知在什么时候失落了。

我急忙走过街口，唉！公然回到了指挥街！街口上又是三具死尸，有一个是仆着在，一只穿草鞋的脚挂在阶沿石上，似乎还在掣动，他的生命，还不曾全停呵！

一间极小的铺子前，又倒栽着一个死兵，血流了一地，那个相熟的老板娘，正大怒的挺立在阶沿上，一面挽她的发髻，一面冲着死兵大骂，说那死兵由战垒上逃下来，拼命打她的铺门，把门打烂，刚躲进去，到底着追兵赶到，拉出铺门便打死了。

她骂得淋漓尽致，自然少不了每句都要带一些性的"国骂"。于是过往的兵，和刚从铺门内走出的人们，全笑了。笑她，自然也笑那死兵。

为保护一个空落落的公馆，据我们目睹的，打伤了一个平民，打死了十个兵——一个在烟袋巷口，三个在指挥街，三个在磨子街，一个在西丁字街，两个在红照壁，全是二十四军的兵，只一个尚拖有发辫的，是他们新拉去充数的——而公馆终于没有保护住。然而也只不值钱的东西和一部破汽车损失了，公馆到底还是他的。我实在不能批评这种举动的对不对，我只叹息我们的智慧太低了，简直没把握去测度别人的心意！

## 战地在屋顶上

住在少城小通巷的曾先生，据说，做梦也没有想到他的房子会划为前线，而且是机关枪阵地。

栅子街、娘娘庙街，以及西头的城墙，东头的城根街，中间的长顺街，已经知道都是战区。稍为胆小和谨慎的人们，在战事爆发的前两三天，都已搬走了，搬往北城东城，甚至城外去了。而曾先生哩，除了相信死生有命，并感觉既是几万人全塞在九里三分的城里在拼死活，而彼此还用的是较新式的武器：手榴弹啦，没准头的迫击炮啦，则其他街道，也未必安静；何况可以藏身的亲戚朋友的地方，难免不已被更切近的人早挤到水泄不通，自己一家四口再挤将前去，不是更与人以不便了？

曾先生平生学问，是讲究的"近人情"；加以栅子街、长顺街等处，确是已经不准通行，而长顺街竟已挖了三道战壕，砌了三道战垒了。

他感叹了一声道："龟儿子东西！你们打仗还打仗，也等我多买两斗来，放在家里！"这在他，已是过分要求的说法。

然而他犹然本着民国六年两次城里打仗的经验，只以为把大门关好，找一个僻静点的房间，将被褥等铺在地上，枪炮声一响，便静静的躺下去，等子弹消耗到差不多了，两方都待休息时，再起来走走，把筋脉活动活动，并且估量自己的房子，似乎正在弹道之下。"无情的炮弹，或者不会在天空经过时，忽然踩虚了脚，落将下来罢？"

所以他同着他的那位有病的太太，和一个十二岁的女儿，一个七八岁的男孩，在堂屋里吃着午饭时，还只焦虑没有把米买够。"左近又没有很熟的人家，万一米吃完了，仗还没有打完，这却怎么办呢？向哪里去通融呢？"

就这时候，他的后院里猛然有了许多人声："这里就对！把机关枪拿来！"

还不等他听明白，接连就听见房顶上瓦片被踏碎的声音，响得很是厉害，而破碎的瓦片，恰也似雨点一样，直向头上打来。

成都——也可以说四川大部分的地方——是历来没有大风大雪的，每年只阴历二月半间有一阵候风，顶多三天，并不厉害。所以成都的房子，大抵都不很矮，而屋顶也不大考校。除非是百年前的建筑，主人们还有那长治久安的心情，把个屋顶弄得结实些，厚厚的瓦桷之下，钉着木板，而又重又大的瓦片，几乎是立着堆在上面，预备百年之内，子孙三世，都无须乎叫泥水匠人来检漏。但这种建筑，已是过去了，只有民国时代，一般较笨较老实的教会中的洋鬼子，他们修起教堂、医院和学校来，才那样不惜工本的，把我们不屑于再要的老方法采了去；而且还变本加厉，模仿到北京的宫殿方式：檐角高翘，筒瓦隆起。我们近代的成都人，才不这样蠢！我们知道世乱荒荒，人寿几何，我们来不及百年大计，我们只需要马马虎虎的享受，我们有经济的打算，会以少数的金钱做出一件像样的东西。所以自从光绪末年以来，我们大多数的房子，都只安排着二十年的寿命，主要柱头有品碗粗，已觉得不免奢侈，而屋顶那能再重？所以合法的屋顶，只是在稀得不可再稀的瓦桷上，薄薄铺上一层近代化的瓦片。好在没有大风，不致把它揭走，也没有大雪，不致把它压碎，讨厌的是猫儿脚步走重了，总不免要时常招呼泥水匠人来检漏。

曾先生只管是自己造的房子，他之为人只管不完全近代化，不过既有了"吾从众"的圣人脾气，又扼于金钱的不够，自然学不起洋鬼子，他那屋顶，到底也只能盖到那么厚。

其实哩，屋顶再厚，而它的功能，到底只在于遮避风雨太阳，而断乎不是坚实的土地，一旦跑上二十来个只知暴殄天物的兵士，还安上一挺重机关枪，以及子弹匣子，以及别的武器等，这终于会把它弄一个稀烂的。

机关枪阵地摆在屋顶上，陆军变成了空军，我们的曾先生，那时真没有话说，全家四口只好惨默的躲在房间里。

三间屋顶虽然全被踏坏，但战事还没有动手。阵地上的战士，到底是一脉相传的黄帝子孙，或者也是孔教徒罢？有一个战士因才从瓦桷中间，向阵地下的主人说道："老板，你这房间不是安全地方，一打起来，是很危险的，你得另外找个地方。"

刚才是那么声势汹汹到连话都不准说，小孩子骇得要哭了，还那么"不准做声气！老子要枪毙你的！"，现在忽然听见了这片仁慈的关照的言语，我们曾先生才觉得有了一线生的希望了。连忙和悦以极的，就请那义士指点迷途，因为他高瞻远瞩，比较更明了些。

"我看，你那灶屋子挂在角上，又有土墙挡着，那里倒安全得多。"

我们的曾先生敢不疾疾如律令的，立刻就挟着棉被枕头毯子等等，搬到那又窄又小，而又不很干净的灶屋子里去？却是也得亏他这样做了，在半小时后，那凶猛的战争一开始，阵地上重机关枪哒哒哒一工作，对方——自然也是在隔不许远的人家屋顶上。这大概是新发明的巷战方法罢？想来确也有理，要是只在几条大街小巷的平地上冲锋陷阵，一则太呆板了，再则子弹的消耗量也不大够，对于战地平民又太不发生利害关系了，如其有一方不是土生土长的队伍，比如民国六年的滇军、黔军，他们之于成都，既无亲戚朋友，又没有地产房屋、园亭住宅，自然尽可不必爱惜，放上一把烈火，把战场烧出来——便也在看不见的，被竹木屋顶隐蔽着的地方，如量还敬了些子弹过来；自然，在这样的射击之下，真正得照一个美国专家所言：要消耗一吨的子弹，才能打死一个人。所以，如此打了一整夜。阵地上的战士们是没有滴一点血，但是，如其曾先生一家四口不躲开的话，却够他惊恐了，他房间里的东西，确乎被打碎了不少。

前几天的战争果是异常激烈，不论昼夜，步枪、机关枪、迫击炮老是那么不断的打过去，打过来。夜里，两方冲锋时，还要加上一片几乎不像人声的呐喊。

曾先生的房子是前线，是机关枪阵地，所以他伏在灶下，只听见他书房里不时总要发出一些东西被打破的清脆声，倒是阵地上，似乎还不大有子弹去照顾。

几天激烈的战争过去了，白天已不大听见密放，似乎相处久了的原故罢？阵地上的战士，在休息时，也公然肯"下顾"老板，说几句不相干的话，报告点两方已有停战议和，"仍为兄弟如初"的消息。这可使我们的曾先生大抒一口气了罢？然而不然，我们的曾先生的眉头反而更被紧了。

什么原故呢？这很容易明白，曾先生在前所焦虑的事情证实了："不曾多买两斗米放在家里，等他们打仗，现在颗粒俱无了！"

这怎么办呢？不吃饭如何得行？参听战争的事情诚然甚大，然而枵腹终难成功呀！于是曾先生思之思之，不得不毅然决然，挺身走出灶屋子，"仰告"阵地上战士们：他要带着老婆儿女，趁这不"响"的时节，要逃出去而兼求食了。

说来你们或者不信，阵地上舍死忘生的战士们会这样的奉劝曾先生："老板，我们倒劝你不要冒险啦！小通巷走得通，栅子街走不通，栅子街走得通，长顺街也一定走不通的，都是战地，除了我们弟兄伙，普通人无论如何是不准通过的，怕你们是侦探。……没饭吃不打紧的，我们这里送得有多，你们斯文人，还搭两个小娃儿，算啥子，在我们这里舀些去就完啦！"

如其不在这个非常时节，以我们谦逊为怀，而又不苟取的曾先生，他是绝不接受这样的恩惠。他后来向我说，那时，他真一点也没有想到为什么使他至于如此境地的原因，只是对于那几个把他好好的房子弄成一种半毁模样的"推食以食之"的兵，发出了一种充分的谢忱。他认为人性到底是善的，但是一定要使你的良好环境，被破坏到不及他，而能感受他的恩惠时，这善才表暴得出。

又经过了几天，又经过了两三次凶猛的冲锋，战地上的兵士虽更换了几次，据说，一般的兵士，对于我们的曾先生，仍那样的关切。而曾先生便也在这感激之忱的情况下，以极少的腌菜，下着那冷硬粗糙的"战饭"，一直到二十九军实在支持不住，被迫退出成都为止。

战事停止那天清晨，一般战士快快乐乐从战地上把重机关枪，以及其他种种，搬运下房子来时，都高声喊着曾先生道："老板，把你打扰了，请你出来检点你的东西好了。我们走后，难免没有烂人进来趁浑水捞鱼，你把大门关好啦！"

格外一个中年的兵士更走近曾先生的身边，悄悄告诉他道："老板，你这回运气真好，得亏你胆子大，老守在家里，没有逃走，不然，你的东西早已跟着别人跑光了。你记着，以后再有这种事，还是不要跑的好。军队中有几个是好人？只要没有主人家，就是一床烂棉絮，也不是你的了。"

这一番真诚的吐露，自然更使曾先生感激到几乎下泪，眼见他们走了，三间上房的瓦片尚残存在瓦桷上的，不到原有的二十分之一，而书房以及其他地方，被子弹打毁的更其数不清。令他稍感安慰的，幸而打了这么几天，一直没有看见一滴血。

## 抓　兵

军事专家很庄严的张牙舞爪说道："你们晓得不？战事一开始，不但要消耗大量的子弹，还要消耗相当的战士。所以在作战之初，就得把后备兵、续备兵下令召集，以便前线的战士死伤一批，跟即补充一批。"

军事家又把眼睛几眨，用着一种在讲台上的口吻说道："你们晓得不？世界文明各国，即如日本，都是行的征兵制，全国人民皆有当兵的义务。故在外国，你们晓得不？战士的补充，在乎召集，有当兵义务的，一奉到召集令，就自行赶到营房去。我们中国，……你们晓得不？以前也是行的征兵制，故所以有三丁抽一，五丁抽二的说法。从明朝以来，才改行了募兵制，募兵就是招兵，当兵的不是义务，而是一种职业。这于是乎，一打起仗来，战士的补充，便只好插起旗子来招募了。"

军事专家末了才答复到我所询问的话道："所以在这次剧烈战争后，兵士死伤得不少，要补充，照规矩是该像往常一样，在四城门插起旗子来招募的。不过，你们晓得不？近几年来，当兵就没有一点好处了，自从杨惠公发明饥兵主义以来，各军对于兵士，虽不像惠公那样认真到全般素食，和两稀一干，……你们晓得不？惠公的兵士，自入伍到打仗，是没有吃过一回肉的，而且一早一晚是稀饭，只晌午一顿是干饭。……然而饷银到底七折八扣的拿不够，并且半年八个月的拖欠。至于操练，近来又很认真，虽说军纪都不大好，兵士的行动大可自由，你们晓得不？这也只是老兵的权利，才入伍的新兵，那是连营门都不准出的，一放出来，就怕他开小差。本来，又苦又拿不到钱的事，谁又肯尽干哩，不得已，只好开小差了。已入伍的尚想开小差，再招兵，谁还肯去应招呢？所以，在此次战事开始以前，招兵已不是容易的事，许多人宁肯讨口叫化，乃至饿死，也不愿去当兵。而军队调动时，顶当心的，就是防备兵士在路上开小差。在如此情况之下，要望招兵来补充缺额，当然无望。故所以在几年之前，……大概也是惠公发明的罢？不然，也是顶聪明的人发明的。……就发明了拉人去当兵的良好办法。……着呀！不错！诚如阁下所言，古已有之。是极，是极，杜工部的《兵车行》《石壕吏》，白居易的《新丰折臂翁》……不过，你们晓得不？以前拉人当兵，只在拉人当兵，故所以拉还有个范围：身强体壮的，下苦力的，在街上闲逛而无职业的，衣履不周的。后来日久弊生，拉人并不在乎当兵，而只在取财，于是乎才有了你阁下所遇见的那些事……"

我阁下所遇见的，自然是一些拉兵的事了，各位姑且听我道来：

当二十九军几场恶战之后，感觉自己力量实在不如二十四军之强而大，而二十一军又不能在东道的战场上急切得手，于是只好退走，只好借着二十八军友谊掩护的力量，安全的向北道退走。这于是九里三分的成都，除了少数的中立的二十八军占了少数的势力外，全般的势力都归到二十四军的手上。

罢战之初，城内只管还是那么不大有秩序的样子，战胜的军士只管更其骄傲得像大鸡公样，横着枪杆在街上直撞，把一对犹然凶猛得像老虎的眼睛撑在额脑上看人。但是战壕毕竟让市民填平，战垒也毕竟让市民拆去，许多不准人走的战街，现在都复了原，准人随便走了。

人，到底是动物之一，你强勉的把他的行动限制几天之后，一旦得了自由，他自然是要尽其力量，满街的蠕动。有非蠕动而不能谋生的，即不为谋生，只要他不是鲁宾孙，他终于要去看看有关系的亲戚朋友，一以慰问别人，一以表示自己也是存在，搭着也得本能的把那几天受限制的渊源，尽量批评一番。

那时，我也是急于蠕动之一人。并因为这次战事中心之一在乎少城，而亲戚朋友在少城居住的又多，于是，在那天中午过后，我就往少城去了。

一连走了几家，畅所欲议论的议论之后，到应该吃午饭之时——成都住家都习惯了一天只吃两顿饭，头一顿叫早饭，在上午八点前后吃，第二顿叫午饭，在下午三点前后吃，是中等人家，在中午和晚间得吃一点面点，不在家里作，只在街上小吃食铺去端——是在槐树街一家老亲处吃的。因为在战乱之后，彼此相庆无恙，不能不例外的喝点酒，既喝酒，又不能不例外的叫伙房弄点菜。

但是，到伙房打从长顺街买菜回来之后，这顿酒真就喝得有点不乐了。

伙房一进门就嚣嚣然的说道："二十四军又在拉夫了！不管你啥子人，见了就拉！长顺街拉得路断人稀，许多铺子都关了门！"

我连忙问："人力车不是已没有了？"

"哪里还有车子的影子！拉夫是首先就拉车子，随后才拉打空手的，今天拉得凶，连买菜的，连铺家户的徒弟都拉！"

亲戚之一道："一定是东道战事紧急，二十四军要开拔赴援，所以才这样凶的拉夫。"

我心里已经有点着慌，拉夫的印象，对于我一直是很恶的。我至今犹然记得清清楚楚，在民国五年之春末夏初，陈二庵带来四川的北洋兵，因为被四川陆军第一师师长新任四川威武将军周骏，从东道逼来，不能不向北道逃走时，来不及雇夫，便在四川开创了拉夫运动的头一天的傍晚，我正从总府街的《群报》社走回指挥街，正走到东大街，忽然看见四五个身长体壮的北洋大汉，背着枪，拿着几条绳子，凶猛的横在街当中拉人。在我前头走的一个，着拉了，在我后头走的三个，也着拉了，独于我在中间漏了网。我还敢逗留吗？连忙走了几十步，估量平安了，再回头一看，绳子上已拴入一长串的人。有一个穿长衫马褂的不服拉，正奋然向着两个兵在争吵："我是读书人，我还是前清的秀才哩！你拉我去做啥？""莫吵，莫吵，抬一下轿子，你秀才还是在的！"他犹然不肯伸手就去缚，一个兵便生了气，掉过枪来，没头没脑的就是几枪托，秀才头破血流而终于就缚了事，而我则一连出了好几身冷汗，一夜睡不安稳。并且到第三天，风声更紧，周骏的先锋王陵基，已带着大兵杀到龙泉山顶，北洋大队已开始分道退走。我和一位亲戚到街上去看情形，东大街的铺子全关了，一队队的北洋兵，很凌乱的押着许多挑子轿子塞满街的在走。我很明白看见一乘小轿，轿帘全无，内中坐了一个面色惊惶，蓬头乱发，穿得很是寻常的少妇。坐凳上铺了一床红哔叽面子的厚棉被，身子两旁很放了些东西，轿子后面还绑了一口小黑皮箱。轿子的分量很不轻，而抬后头的一个，倒像是出卖气力的行家，抬前头的一个，却是个二十来岁，穿了件长夹衫的少年，腰间拴了根粗麻绳，把前面衣襟掖起，下面更是白布袜子青缎鞋。这一定是什么商店的先生，准斯文一流的人，所以抬得那么吃力，走得那么吃力，脸上红得像要出血，一头大汗。我估量他一定抬不到北门城门洞便要累倒的，我连忙车转了身，又是几身冷汗。

北洋兵自创了这种行动，于是以后但凡军队开拔，夫子费是上了连长腰包，而需用的夫子便满街拉，随处拉。不过还有点不见明文的限制，就是穿长衫的斯文人不拉，坐轿坐车的不拉，肩挑负贩的不拉，坐立在商店中的不拉，学生不拉。而且拉将去也真的是当夫子，有饭吃，到了地头，还一定放了，让你自行设法回家。

不过，就这样，我一听见拉夫，心里老是作恶了。

亲戚之二还慨然的说："光是拉夫，也还在理，顶可恶的，是那般坏蛋，那般兵溜子，借此生财。明明夫子已满了额，他们还遍街拉人，并且专门拉一般衣履周正，并不是下力的苦人。精灵的，赶快塞点钱，几角块把钱都行，他便放了你。如其身上没钱，一拉进营房，就只好托人走路子，向排长向军士进财赎人，那花费就大了。我们吴家那老姻长，在前年着拉去后，托的人一直赶到资阳，花了百多块钱才把人取回来，可是已拖够了！虽没有抬，没有挑，只是轻脚轻手跟着走，但是教书的人，又是老鸦片烟瘾，身上又没有钱，你们想。……"

亲戚之三是女性，便插嘴道："这哪里是拉夫，简直是棒客拉肥猪了！"

我心里更其有点不自在了，我说："成都街上拉夫的次数虽多，我却只在头一回碰见过一次，幸而，或是太矮小了点，那时没有发体，简直像个小娃儿，没有被北洋大汉照上眼，免了。但是，川军的脾气，我是晓得的，何况又是生发之道。车子已没有了，就这样走回去，十来条街，二里多的路程，真太危险了！"

大家便留我尽量喝酒，说是"不必走了，就在此地宿了罢"。但是问题来了，没有多余的棉被，而我又有择床的毛病，总觉得若是能够回去，蜷在自己习惯的被窝中，到底舒服些。

因此之故，酒实在喝得不高兴，菜也吃得没味儿。快要五点了，派出去看情形的人回来说，长顺街已没有拉夫，有了行人；只听说将军衙门二十四军军部门外还在拉，可是也择人，并不是见一个拉一个。

我跳了起来："那就好了，我只不走将军衙门那条路就可以了！"

亲戚之二说："我送你走一段罢。"

于是我们就出了大门，整整把槐树街走完，胡同中自然清净无事，根本就少有人来往。再整整把东门街走完，原本也是胡同，全是住家的，自然也清净无事。又向南走了一段东城根街，果然有几个行人——若在平时，这是通衢，到黄昏时，几热闹呀！——果然都安闲无事的样子。

亲戚之二遂道："看光景，像是已经拉过，不再拉了。那我们改日再会罢。"在多子巷的街口上，我们分了手。

但是，我刚由东城根街向东转拐，走入金家坝才二三十步时，忽见街的两畔和中间站了七八个背有枪的二十四军的兵。样子一定是拉夫的了，才那么捕鼠的猫儿样，很不驯善的看起人来。

我骇然了，赶快车转身走吗？那不行，川军的脾气我晓得的，如其你一示弱，恭喜发财，他就无心拉你，也要开玩笑的骇你一跳。我登时便本能的装得很是从容，而且很是气概，特别的把胸脯挺了出来，脸上摆着一种"你敢惹我"的样子，还故意把脚步放缓，打从街心，打从他们的空隙间，走去。几个兵全把我看着，我也拿眼睛把他们一一的抹过。

如此，公然平安无事的走了过去。刚转个弯，到八寺巷口，我就几乎开着跑步了。

路上行人更少，天也更黄昏了。走到西鹅市巷的中段，已看见贡院街灯火齐明。心想，这里距离驻兵的地方更远了些，当然不再有拉夫的危险事情了，然而，天地间事，真有不可意测者，当我一走到贡院街，拉夫的好戏才正演得热闹哩。

铺子开的有过半数，除了两家杂货铺和几家小吃食铺外，其余全是回教徒的卖牛肉的铺子。二三十个穿着褴褛灰布军装的兵，生气虎虎的，正横梗在街上，见行人就拉。有两个头上包着白布帕，穿着也还整齐的乡下人，刚由弯弯栅子街口走出来，恰就被一个身材矮小的兵抓住了。

"先生，我们有事情的人，要赶着出城。"

"放屁！跟老子走！又不要你们出气力，跟老子们一样，好耍得很！"

"先生，你做点好事，我们是有儿有女，……"

背上已是很沉重的几枪托，又上来一个年纪还不到十七岁的小兵，各把一个乡下人的一只粗手臂抓住，虎骇着，努出全身气力，把两个乡下人直向黑魆魆的皇城那方推攘了去。

情形太不好了，过路的行人，几乎一个不能免。可是被抓的人也大抵不很驯善，拥着抓人的，不是软求，就是硬争，争吵的声音很是强烈。

我在黑暗的西鹅市巷街口已经停立了有两分多钟，到这时节，觉得这个险实在不能不去冒一下了，便趁着混乱，直向西边人行道上急急走去——这时，却不能挺起胸脯，从容缓步，打从街心走了，我自己也没有想到会有如此的急智！

刚刚走了七八家铺面，忽然一个穿长衫的行人，从我跟前横着一跳，便跳进一家灯火正盛的杂货铺。我才要下细看时，两个兵已提着敞亮的大砍刀，吆喝一声："你杂种跑！……跑得脱！……没王法了！"也从我跟前掠过，一直扑进杂货铺去。一下，就听见男的女的人声鼎沸起来。

我还敢留连吗？自然不能了！溜着两眼，连连的走，可是又不能拔步飞跑，生怕惹起丘八们的注意。

靠东一家牛肉铺里，正有两个老太婆在买牛肉，态度很是消闲，看着街上抓人的事情，大有"黄鹤楼上看翻船"的样子。那个提刀割肉的年轻小伙子，嘻着一张大嘴，也正自高兴他绝不会像那些被抓的懦虫时，忽的三个未曾抓着人的兵——两个提着枪，一个提了把也是敞亮的大砍刀——呐喊一声，从两个老太婆身边直窜过去，一把就将那个小伙子抓住了。

"呃！咋个乱拉起人来了！我们是做生意的啦！……"

吵的言语，听不清楚，只听见："你还敢强吗？……打死你！"

那提敞刀的便翻过刀背，直向那个小伙子的腿肚上敲了去。

在这样狂澜中，我不知道是怎么样的竟自走过三桥，而来到平安地带。

一路上，许多自恃没有被拉资格的老人们，纷纷的站在街边议论："越来越不成话了！以前还只拉人当夫子，出够气力，别人还好回来，如今竟自拉人去当兵，跟他们打仗。并且不择人，不管你是啥子人，都拉。跑了，还诬枉你开小差，动辄处死，有点家当的，更要弄得你倾家破产，这是啥子世道呀！……"

因此，我才恍然于我这一天之所遇的是一回什么事，而到次日，才特为去请教一位军事专家。

军事专家末了推测我何以会几度漏网，没有被抓去的原故，是得亏我那件臃肿的老羊皮袍。

## 开火前的一瞥

你也不肯让出城去，我也不肯让出城去；你也在你们区域里布置，我也在我的区域内布置，不必再到有关系的地方拿耳朵打听；光看墙壁上新贴出的"我们要以公理来打倒好乱成性的×××！""我们是酷好和平的军队，但我们要铲除和平的障碍"的标语，也就心里雪亮：和平是死僵了！战神的大翅已展开了！不可避免的巷战真个不可避免了！

战氛恶得很，只是尚没有开火。避湿就燥的蚂蚁，尚能在湿度增高时，赶紧搬家，何况乎万物之灵的人类？于是在火线中的一些可能搬走的人家，稍为胆小的，早已背包打裹，搬往比较平安的地方，而我的寒舍中，也惠顾来了一位外省熟人，在我方丈大的书斋里，安下了一张行军床。

我本着民国六年两次巷战的经验，知道这仗火不打则已，一打至少得打十天才得罢休，于是便赶快把油盐柴米酱醋茶等生活之资，全准备了，足够半月之需。跟着又把酒菜等一检点，也还勉强够。诸事齐备，只等开火，然而过了一天又一天，还没有听见枪响。"和平果然还没有绝望吗？"这倒出人意外了。

既是一时还打不起来，那又何必老呆在屋子里？那熟人说他还有些要紧的东西，留在长发街口的长顺街寓所中，何不去取了来。好的，我便同着他从三桥，从西御街，从东城根街走了去，一路上的人熙来攘往，何尝像要打仗的样子？只是大点的铺子关了，行人都不大有那种安步当车的从容雅度，就是我们，也不知不觉的走得飞快。

东城根街是很长的，刚走了一小段，形势便不同了：首先是行人渐稀，其次是灰色人物多了起来，走到东胜街口，正有一些兵督着好些泥工在挖街，把三合土筑成的街，横着挖了一条沟，我心下恍然，这就是战壕。因为还有人从泥土中踏着在来往，我们便也不停步的走，走到仁厚街口，已见用檐阶石条砌就了一道及肩的短墙，可是没有兵把守，仍有人从上面在翻爬，我们自然也照样做了。再过去几丈，又一道墙，左右两方站了几个兵，样子还不甚凶狠。我们走到墙跟前一望，前面迥然不同了，三丈之外，又是一道宽而深的战壕，壕的那方，一排等距离的挺立了八个雄赳赳的兵，面向着前方，站着稍息的姿势，枪也随便顿在腿边。不过一望廓然，漫漫一条长街上，没有一个人影，只这一点儿，就显得严肃已极。

我找着一个稍有年纪的兵，和颜悦色问道："前面自然去不了，要是打从刀子巷穿出去，由长顺街上，走得通不？"

"你们要往哪里去？"

"长发街去。"

"不行了，我们这面就准你通过，二十九军那面未必准你过去。"

"这样看来，这仗火快打了罢？"

他还是那样笑嘻嘻，若无其事的样子，回答道："那咋晓得呢？"

我们遂赶快掉身，仍旧翻爬过一道短墙，踏越过一道深沟。我不想就回去，还打算多走几处。于是便从金家坝转出去，走过八寺巷，走过板桥街，走过皮房前街，走过旧皇城的大门，来到东华门街口时，看见街口上站了许多兵，袖章上大大写着二十八军，我们知道走入中立地带了。

中立地带上，本就甚为热闹的提督东西两街，虽然铺子依然大开着在，可是一般做生意的人，总没有往常来得镇静，走路的也很匆匆。然而我们走到太平街口，还在雇人力车，要坐往北门东通胜街去，看一看珍和芬他们由奎星楼躲避去后，到底是个什么情境。一乘人力车本已答应去了，我已坐在车上，另喊一部迎面而来的空车时，那车夫睁着两眼道："你们还想过北门么？走不通了！我刚才拉了一个客，绕了多少口子，都筑起了堆子，车子拉不过，打空手的人还不准过哩！"

"呃！今天不对，怕要打起来了，我们回去的好。"我跳下车子，向那熟人说。

于是，赶快朝东走，本打算出街口向南，朝中暑袜街一直南下的，但是暑袜街北头中国银行门前，已经用旧城砖砌起一道人多高的战垒，将街拦断了。并且砌有枪眼的地方，都伸一根枪管在外面。然则，不能过去了吗？并不见一个人来往，但我们总得试一试。

在我们离战垒三丈远时，那后面早已一声吆喝："不准通过！"

这一下，稍为使我有点着急，于是旋转脚跟，仍旧向东，朝总府街走去。铺面有在关闭的了，行人更是匆匆，大概都和我们一样，已经被阻过一次，尽想朝家里跑了。

我们本来走得已很快了，这时更是加速度起来。今天的天气又好，虽然灰白色的云幕未曾完全揭开，但太阳影子却时时从那有裂缝之处，力射下来，把一件灰鼠皮袍烘得很暖，暖到使我额上背上全出了汗。

与总府街成丁字形的新街，也是通南门去的一条大街，和在西的暑袜街，在东的春熙路，恰恰成为一个川字形式。这里，也砌起了一道拦断街的高大战垒，但是在角落处开了一个缺口，还准人在来往。我们自然直奔过去，可是不行，一个兵站在缺口上，在验通行证，没有的，必须细细盘问，认为可以过去，便放过去。但是以何为标准呢？恐防连他也不知道，他只是凭着他的高兴而已。

我们全没有什么凭据，只那熟人身上带了一枚属于二十四军的一个什么机关的出入证。他把那珐琅的胡桃大的证章伸向那兵道："我是×××的职员，过得去么？"

"过去，过去，赶快！"

"这是我的朋友，我们是一道的。"

"不行，只准你一个人过去！"跟着他又检查别几个行人去了，有准过，有不准过，全凭着他的高兴。

那熟人懒得再说，回身就走。我们仍沿着总府街再向东去，街上行人便少有不在开着小跑的了。一到宽大的春熙路北段，行人就分成了三大组，一组向北，朝商业场跑了；一组仍然向东，朝总府街东头跑了；我们一组向南朝春熙路跑的，大概有四十几个人，老少男女俱全，而只有我们两个强壮的中年人跑得快些，差不多抢在前半截里去了。

春熙路是民国十四年才由前臬台衙门改建的，南接繁盛的中东大街，北与商业场相对，算是成都顶洋盘、顶新、顶宽的街道。因为宽，所以一般兵士临时寻找街沿石条来砌的战垒，才砌了一半的工程。足有两排人的光景，还正纷纷的在往来抬石头，而大家都是喜笑颜开的，好像并未思想到在不久的时候，这就是要他们只为一个人的虚矫，而拼命、而流血的地方罢？他们还那样高兴，还那样的努力呀！

前面已经有好些人，把那才砌起的有二尺来高的战垒跨了过去，我们自不敢怠慢。大概还有些比较斯文的男士和小脚太太们走得太慢的原故罢，我们已走了老远了，听见一个像排长的人，朝那面高声唤道："还不快些走！再砌一层，就不准人通过了！"

啊呀，我们运气还不坏！要是再慢三分钟，这里便不能通过。或许还要向东，从科甲巷，从打金街，从纱帽街绕去了。算来，我们从少城的东城根街，一直向东走到春熙路，已经不下三里，再绕，那更远了。而且就一直绕到东门城根，能否通得过，也还是问题哩。得亏那一天的脚劲真好！

我们虽走过了春熙路这个关口，但前面还有许多条街，到底有无阻碍呢？于是我就略为判断了一下，认定两军的交哄，最重要的只在西头，尤其是少城。一自旧皇城之东，从东华门起，即已参入二十八军的中立地带，则越是向东，越是不关重要。我们就以砌战垒的工程来看，西头早砌好了，还挖有战壕，而东头才在着手，不是更可明白吗？那吗，我们不能再转向西了，恐防还有第二防线，第三防线，又是战垒，又是战壕的阻碍哩！唉！我在一两个钟头内，竟稍稍学得了一点军事常识了！

于是我们便一直向南，走过春熙路南段，走过与南段正对的走马街。这几条热闹街道，全然变像了，铺门全闭，走的人可以数得清楚。要不是得力太阳影子照耀着，那气象真有点令人心伤。

我们又走过昔日极为富庶，全街都是自织自贸的大绸缎铺，二十余年来被外国绸缎一抵制，弄到全体倒闭，全建筑极其结实的黑漆推光的铺面，逐渐改为了中等以下人家的住宅的半边街；又走过因为环境没有改变之故，三四十年来没有丝毫改善的一洞桥；然后才向西走入比较宽大而整齐的东丁字街。

东西两条丁字街口的向北的街道，便是青石桥南街了。这里一样的热闹，茶铺大开着，吃茶的人态度还是安安闲闲的，虽然谈的是正要开始的杀人的惨事。而卖猪肉的，卖小吃食的，卖菜的，依然做着他们不得不做的生意。但是朝北一望，青石桥上，果然已砌起一段战垒了。我们如其图省几步路，必然又被打转。

我们走到西丁字街，就算走到了，而后才把脚步稍为放缓了一下。记得很清楚，我们刚刚走到家里，因为热，才把衣服解开，正在猜疑到底什么时候才开火，看形势，已到紧张的顶点了，猛的，遥遥的西边天空中，噼哩叭喇就不断的响了起来。啊！第四百七十若干次的四川内战，果然开始了！

我回想到刀子巷口那个笑嘻嘻回答我的话的中年兵士。我又回想到此刻犹然在街上彷徨，到处走不过的行人！我深深自庆，居然绕了回来，到午饭时，直喝了三斤老酒。

# 飞机当真来了

在一片晴明而微有朵朵白云的天空，当上午十点钟的时节，在我的书房里，已听见天空中从远处传来的嗡嗡嗡不大经听的响声。

我好奇的往外直奔道："飞机！飞机！一定是二十一军的飞机！当真来了！……"

其实，成都天空中之有飞机的推进器声，倒并不等在民国二十一年十一月，只要是中年人，记性好的，他一定记得民国四年，陈二庵带着大队的北洋兵，在成都玩出警入跸的把戏时，已经使成都人开过眼孔，看见过什么叫飞机的了。

陈将军当时只带来了一大一小两架飞机，是一直运到成都，才装合好的。他的用意，并不在玩新奇把戏，而是在虎骇四川人："你这些川耗子，敢不服从我！敢不规规矩矩的跟着我赞成帝制！你们瞧！我带有欧洲大战时顶时兴的新军器，要不听话，只这两架飞机，几个炸弹，就把你们遍地的耗子洞给炸毁个一干二净！"

可是不争气，那天预定在西校场当众显灵时——全城的文武官员和各界绅耆都得了通知，老早就怀着一种不信除了鸟类，还有别的东西可以带着人上天的疑念，穿着礼服，齐集到演武厅上。而百姓们也不惜冒犯将军的威严，很多都涌到城墙上去立着参观——一架小点的飞机，才由地面起飞，猛的就碰在演武厅的鸱尾上，连人连机翻在地下，人受了微伤，机跌个稀烂——不知何故却没有着火烧毁。

观众无不哄然笑起，更相信除非神仙，人哪能坐起机器飞得上天去的。那时没有看清楚陈将军脸色如何，揣想来，一定比未经霜的橘子还要青些了。

但是，人定胜天，在不久的一个上午，全成都的人忽然听见天空中有一片奇怪声音，响得很是厉害。白日青光，响声又大，那绝不是什么风雨凄凄的黑夜，吱吱喳喳的从灌县飞来的九头鸟了。于是男女老幼都跑到院坝里，仰起头来一看，"啊！那们大！那们长！怕就是啥子飞机罢？……他妈的！硬有飞机！人硬可以驾着飞机上天啦？怪了，怪了！………"

随后，这飞机又飞起过两次，并在四十里外的新都县绕了一个圈子，报纸上记载下来，一般人几乎不敢相信："哪里几分钟的工夫，就能来回飞八十里的？"

但是陈将军的那架飞机，前后就只飞过那几次，并且每次没有开到半点钟，也不很高，除了绕着成都天空，至远就只飞到过四十里外的新都县、温江县、双流县而已。以后，简直没有再看见过它的影子，护国之役，也从未听见过它的行动，而且一直没有人理会到它，而且一直把它的历史淡忘了。

事隔一十七年，成都的天空，算是食了战争的恩赐，又才被现代的文明利器的推进机搅动了。而成都人在这几天把步枪、机关枪、迫击炮、手榴弹的声音听腻了，也得以耳目一新，尝味一尝味空军的妙趣。

突然而出现的飞机，在三个交战的团体中——二十一军、二十四军、二十九军——何以知其独属于二十一军呢？这又得声明了。

若夫空军之威力，在上次欧洲大战中，本已活灵活现著过成绩，当时有一个中国人参加法国空战，也曾著过大名的，而我们中国政府，在事中事后，却一直是茫然。直到什么时候，才急起直追，有了若干队的空军？这是国家大事，我们不配记载。单言四川，则已往的四百七十余次内战——这在民国二十一年十一月，所谓安川之战初起时，一个外国通信社，不知根据一个做什么的外国人的记载，说自民国二年所谓癸丑之役，胡景伊打熊克武之战起，直至安川之役，四川内战共有四百七十多次；但我们一般身受过恩赐的主人翁，却因为虱多不咬之故，早记不清了——依然只是陆军中的步军在起哄，直到民国十八年以后，雄据在川东方面的二十一军，才因了留学生的鼓吹和运动，居然把范围放宽了一点，在湍急的川江里，有了三艘装铁甲的兵轮，在平静的天空中，有了十来架"几用"式的飞机。而且飞机练习时，又曾出过几次惊人的意外，轰动过许多人的耳目，确实证明出空军的威力，真正可怕。就中有两次最重要：一次是一位二十军的某师长，试乘飞机，要"高明"一下，用心本是向上的，不意飞机师一定要开个大玩笑，正在上下翱翔之际，像是因机器出了毛病罢，于是人机并坠，一坠就坠在河里；这一下，某师长便从天仙而变为水鬼，飞机师的下落，则不知如何。还有一次，是二十一军军长率领一大队谋臣勇士，到飞机场参观"下蛋"的盛举，飞机师据说是一位毛脚毛手的外国人，刚一起飞，正飞到参观大队的头顶上，一枚六十磅重的炸弹，他先生老实不客气的便从空中掷了下来；据说登时死伤了好几十人，幸而军长福分大，没有碰着一星儿；后来审问外国飞机师，口供只是"我错了"！

二十一军除陆军外，既有了水军，又有了空军，还了得！我们僻处在川西南北的几个军岂有不迎头赶上之理？“你不做，我便老不做，你做了出来，我就非做不可”的盛德，何况又是我们多数同胞所具有的？不过在川西南北，虽然也有河道，但不是过于清浅，就是过于湍急，水军实在可以用不着。而空气的成分和比重，则东西南北，固无以异焉，那吗，花上几百万元，买他个几十架飞机，立时立刻练成一队空军，那不是很容易吗？我们想来，诚然容易，只是吃亏的四川没有海口，通长江的大路，给二十一军一遮断，连化学药品都运不进来，还说飞机？同时省外更大更有势力的政府，又不准我们这几个军得有这种新式的武器，所以曾经听人说过，某一个特别和政府立异的军长，因为想飞机，几乎想起了单思病，被一般卖军火的外国商人不知骗了多少“油火”！的确，也曾花了百十万元，又送了好几万给南边邻省一位豪杰，做买路钱，请求容许他所购买的铁鸟儿，越境飞到川西。从上至下，从大至小，都相信这回总可以到手了罢？邻省豪杰也公然答应假道，哪里还有不成的？于是，招考空军兵士，先加紧在陆地上训练“立正”“少息”“开步走”，而一面竟不惜以高压的势力，在离省九十里处，估着把已经价卖几年的三千多亩公地，又全行充公，还来不及让地主佃户们把费过多少本钱和血汗始种下的“青”，从容收了，而竟自开兵一团，不分昼夜的把它踏成一片平阳大坝。眼睁睁的连饭都吃不饱的专候铁鸟飞来，好向二十一军比一比：“老侄！你有空军，就不准人家买进来，以为你就吃干了？现在，你看，如何？比你的还好还多哩！哈哈！老辈子有的是钱！”然而到底空欢喜了一场，邻省那位豪杰真比我们川猴子还精灵，他并且不忘旧恶，把买路钱收了，把过路的铁鸟也道谢了。事情一明白，可不把我们这位军长气得几乎要疯。

因此之故，我们川西南北的几个军，在交战之时，实实在在只有陆军，而无空军。

但是，也有人否认，是我亲耳所闻，并非捏造。当其天空中嗡嗡之声大作，我先跑到院坝里来参观，家人们也一齐涌将出来，一位旁边人指点道："你们看清楚，要是飞机底下有一种黑的东西，那就是炸弹，要是炸弹向东落下，你们就得向西跑。"我住的本是平房，虽然有块两丈见方的院坝，但是实在经不住跑。于是我便打开大门，朝街上一奔，街上早已是那么多人，但都躲在屋檐下，仰着头嚣嚣然的在说："咋个看不见呢？只听见响。"

真个，飞机还没有现形，然而街口上守战垒的一排灰色战士，早已本能的离开战垒，纷纷躲到一间茶铺里，虽不个个面无人色，却也委实有些害怕。中间独有一个样子很聪明的军士，极力安慰着众人，并独自站在街心，指手画脚的道："莫怕，莫怕，这一定是本军的飞机，如其是二十一军的，他咋敢飞来呢？"

这是我亲耳听见的，我真佩服他见识高超，也得亏他这么一担保，居然有七八个兵都相信了，大胆的跑到街心来看"本军的飞机"。

飞机到底从一朵白云中出现了，飞得太高，大概一定在步枪射程之外。是双翼，是蓝灰色，底下到底有无黑的东西，却看不清楚。

满街的人，大家全不知道"下蛋"的危险，只想饱眼福，看它像老鹰样只在高空中盘旋，多在笑说："飞矮些，也好等我们看清楚点嘛！"

无疑的，这是侦察机了。盘旋有二十分钟，便一直向东方飞走，不见了。

后来听说，飞机来的时候，二十九军登时勇气增大，认为友军在东道战事，一定以全力在进攻。而二十四军全军，确乎有点胆寒，他们被不负责任的外国军火商的飞机威力夸大谈麻醉了，衷心相信飞机的炸弹一掷下来，虽不全城粉碎，至少他们所据守的这一角，一定化为乌有。而又不能人人像那聪明的军士，否认那是二十一军的飞机，却又没有高射炮——当其飞机买不进来，他们也真打算在自己土化的兵工厂中，造些高射炮来克制飞机。曾经以月薪一千二百元，外加翻译费月薪四百元，聘请了一位冒充"军器制造专家"的德国军火掮客，来做这工作。整整八个月，图样打好了，但是所买的洋钢，一直被政府和二十一军遮断了，运不进来。后来没计奈何，就将土钢姑且造了一具，却是弹药又成问题了，所以在战争时，仍然等于没有高射炮——因此，那一夜的战争打得真激烈，一直到次日天明，枪炮声才慢慢停止。

第二天，又是半阴又晴的天气，在吃早饭时，嗡嗡之声又响了。

今天来的是两架飞机：一架双翼，蓝灰色，飞在前面，一定是昨天那架侦察机了。随后而来的，是一架单翼而灰白色的。前面那架像在引路，则后面那架，必然是什么轰炸机。果然，到它们飞得切近时，那机的底下，真似乎有两点黑色的东西。

于是，我就估量飞机来轰炸，必然是有目标的。我住的地方，距离我认为应该轰炸的地方，都很远，就作兴在天空中不甚投掷得十分准，想来也和射箭差不多，离靶子总不会太远，顶多周围二三十丈罢咧。因此，我竟大放其心，在街心里，同众人仰首齐观。

刚刚绕飞三匝，两机便分开了。只看见在向东的天边，果有一个黑点，从轰炸机上滴溜溜的落下来。同时就听见远远近近好些迫击炮在响，那一定是二十四军的兵士们不胜气忿，特地在开玩笑了。

"又在丢炸弹！又在丢炸弹！"好几个人如此在大喊。果然，西边天际，一个黑点又在往下落。

那天正午，就传遍了飞机果然投了两枚炸弹，只是把二十四军的人的牙巴都几乎笑脱了，从此，他们戳穿了飞机的纸老虎，"原来所谓空军的威力，也只如此，只是说得凶罢了！我们真要向世界上那些扩充空军的人大喊：你们的迷梦，真可醒得了啊！"

这因为在东方的那枚炸弹，像是要投炸二十四军的老兵工厂，而偏偏投在守中立的二十八军的造币厂内，把一间空房子炸毁了小半边，将院子内的煤炭渣子轰起了丈把高，如斯而已。至于西方的那枚，则不知投弹人的目的在哪里，或者是错了，错把二十八军所驻守的老西门，当作了什么，那炸弹恰投在距老西门不远的西二道街的西头街上，把拥着看飞机的平民炸伤了十一个，幸而都伤得不重。

像这样，自然该二十四军的人笑脱牙巴。但是，立刻就有科学家给他们更正道："空军到底不可小觑，这一天，不过才一架轰炸机，仅载了两枚顶小的炸弹，所以没有显出威风。倘若二十一军把它十几架飞机，全载了二三百磅，乃至五百磅的重量炸弹，来回的轰炸——成渝之间飞行，只须点把钟的工夫，那是很近的呀——或是投些燃烧弹，成都房子没有一间是钢骨水泥的，那一下，大火烧起来，看你们的步兵怎样藏躲，又没有地窖，又没有机器水龙。……"

果然如此，确是骇人，如其我们的军爷们都没有大宗的房产在成都，那到也不甚可怕，且等烧干净了再退走不迟。无如大家的顾虑都多，遂不得不赞成一般老绅耆们的提议，赶快打电报给二十一军，叫他顾念民生，还是按照老法，只以步兵来决胜好了，不要再用空军到城市中来不准确的投掷炸弹，以波及无辜。这电报公然生效，一直到战争末了，二十一军的飞机，便再没有在成都天空中出现。

## 夺煤山和铲煤山

这一年巷战最激烈的两次中，有一次就是两军各开着几团人，夺取煤山。

煤山这个名词，未免太夸大了一点，并且和北平景山的俗名，也有点相犯。如其是从北平来的朋友一听见这个名词，一定以为成都这个煤山，大概也有北平景山那个规模了。如此，则北平朋友一定要上一个大当的。

虽然，在从前皇城犹是贡院时，每到新年当中，成都的男女小孩，穿着新衣裳出游，确也有许多很喜欢到这地方来"爬山"，佝偻着身子，做得好像登峨眉山似的艰难，爬到山顶，确也要大声喧哗道："真高呀！连城外的树木都看得清清楚楚的。"

真的，我幼年时也曾去登临过，的确比城墙高，比钟鼓楼高。在天气晴明之际，不但东可以望见五十里外青黝黝的龙泉山色，而且西也可以望见远隔百里的玉垒山的雪帽子。不过在多阴少晴的成都，这种良辰倒是不多。

其实，所谓煤山，真不足叫做山，积而言之，只是一个有青草的大土堆。原不过是清朝时代，铸制钱的宝川局烧剩的煤渣，在这皇城的空隙地点，日积月累，不知经了好多年，积成了这个高不过五丈，大不过亩许的煤渣堆。成都人过于看惯了坦平的平地，偶尔遇见一点凸起不平的地方，便不胜惊奇，便是一个二三丈高的大土包，且有本事赶着认它是五丁担土而成，是刘备在其上接过帝位的五担山，何况这煤渣堆尚大过于五担山数倍，又安得不令一般简直连丘陵都未见过的人，尊称之为山，而公然要佝偻的爬呢？

这些都是闲话。如今且说自从民国二十年，三大学合并，成立国立四川大学时，皇城便由师范大学和几个公立私立的中等学校，而变为四川大学的文学、教育学两院的地址，而煤山和其四周的菜园地，早被以前学校当事人转当与人，算是私人所有，而恰处在大学的围墙之外。

当其二十四军、二十九军彼此都在积极准备，互不肯让出城去，而二十九军的同盟，复派着代表前来，力促从速动作，把二十四军牵制在省城，好让它去打它的老屁股时，城里的人，谁不知道战事断难避免，民国六年的把戏，一定又要复演一次的了。

然而报纸上却天天登载着官方负责任的人的辟谣，说我们的什么长向来就是爱好和平的，向来就抱着宁人犯我，毋我犯人的良善心肠。并且他的武力是建筑在我们人民身上的，他绝不至于轻易消耗他的武力，拿来做无理的内战之用，他要保存着，预备打那犯我国土的外国人的。纵然现在与友军起了一点儿误会，然而也只是误会，友军只管进逼，他也决不还手。好在现已有人出来调停，合作的局面，一准不会破裂，尚望爱好和平的人民，千万不要妄听谣言。如有不逞之徒，造谣生事，或是从中构煽，以图渔利，则负治安机关之责者，势必执法以绳，决不姑宽。

越这样说，而在有经验的人看来，自然越认为都是打仗文章的冒头，只是要做到古文上的成语"不为戎首"或"衅不自我开"。但是在教育界中的赤心人们，却老老实实认为"大人无戏言"。第一，相信纵然就不免于打仗，也断乎不会在城里打，因为太无意义了，所得实在不偿所失，负责任的人在私下谈话，也是这样说的；第二，相信学校就不算是什么尊严之地，但也不算是什么有权势的机关，值得一争，纵然不免于巷战，学校处于中立，总不会遭受什么意外的波及罢，两方负责的人也曾口头担保，绝对不使不相干的学校，受丝毫损失。于是各学校的办事人都心安而理得，一任市上如何风声鹤唳，而他们仍专心一志的上课下课，准备学期考试，即有一些不安的学生，要请假回家，也着大批一个"不准"，而且被嗤为"神经过敏"。

旧皇城中的四川大学，是全省最高的学府，自然更该理知的表示镇静，办事人如此，学生也如此，他们真正做梦也没有想到那天一开火之后，他们围墙外的著名的煤山，竟成了两方争夺战的焦点。这就因为它是全城一个高地，彼此都想占着这地方，好安下炮位，发炮射击他方的司令部和比较重要的机关。

据说，煤山原就属于二十九军的势力范围，因为大学交涉，答应不在此地作战，仅仅留下一排兵在那里驻守。但是德国可以破坏比利时的永久中立，只图于它方便，则二十四军说二十九军要在此地安置炮位，攻打它的将军衙门的军部，而不惜开着一团人，从四川大学前门直奔进去，穿过一部分学生寝室，打毁围墙，而出奇兵以击煤山之背，那又有何不可？但这却不免把学校办事人和学生的和平之梦，中立之梦，全惊醒了！

当学生在半夜三更，只穿着一身汗衣裤，卷着被盖，长躺到地面上躲避时，煤山脚下的战争，真个比德法两国的凡尔登之战还厉害。据说，光是步枪、机关枪、手榴弹就像一大锅干豆子，加着猛火在炒的一般；还加上两方冲锋的呐喊，真有点鬼哭神号，令听的人感到只须半点钟的工夫，人类便有绝灭的危险。

可是这场恶战，一直经历到次日上午十点钟的光景，还没有分出完全的胜负来。因为这一回争夺战，也恰如凡尔登之战一样，两方都遇着的是不怕死的猛将，你也站在硝烟弹雨中，不动声色的督战，我也站在硝烟弹雨中，不动声色的督战，将官如此，士兵们哪里有不奋勇的！可是，兵都是训练过来的，懂得掩伏射击，并不像电影中演的野蛮人作战法，只一味手舞足蹈，挺着身子向前扑，所以你十分要进一尺，我也就权且让五寸，待你进够了，我又进，你又让。一个整夜，一个上午，枪声没有停过半分钟，只是一会儿紧，一会儿松，听说煤山山顶，彼此都抢到手过四五次，而死伤的兵也确实不少。

争夺煤山第二天的上午，炮火还正厉害时，我亲眼在红照壁街口上看见属于二十四军的足有一营人之众，或者是新从城外调来的，满身尘土，像是开到旧皇城去参加前线。一到与皇城正对的韦陀堂街上，便依着军官的口令，一下散在两边有遮蔽的屋檐下，挺着枪，弓着腰，风急雨骤的直向皇城那方奔去。我是没有在阵地上观过战的，单看这一营人的声势，已觉得很是威风了，旁边有人说："这是二十四军警卫旅的队伍，很行的，也扫数加上去了，皇城里的仗火真不弱呀！"

就在中午，彼此相约停战数小时，以便把大家的伤兵抬下阵地去时，我也偕着一般大胆到街上看热闹的人们，一直步行到三桥——说来你们也不相信，成都市民真有这种本事，就在炮火连天之际，只要不打到我们这条街上来，大家的生意仍是要做的。皇城里打得那么凶法，而在皇城外的街上，只管子弹嘘儿嘘儿唱歌般在天空飞过，而我们的铺子大多数还是热热闹闹的开着，买东西的人，也充耳不闻的，依然高声朗气讲他们的价钱，说他们的俏皮话——打从韦陀堂庙宇前经过时，亲耳听见那个值卫的，也是二十四军警卫旅的兵士，各自抱怨说："他妈哟！一连人剩了五十多个，还值他妈的啥子卫！"

到底二十九军力量薄些，不是二十四军的对手。他因为二十四军的人气要胜些，我拼着拿些人来死，拼着子弹不算，我总要把煤山抢过手，就不安炮也可以！这也与不必在城里受二十九军无益的牵制，尽可把全力拿到东道上，我把较强的一方打胜下来，然后掉过枪口，回指成都，哪怕二十九军还不让出！然而也不如此，必要在城里打一个你死我活，终不外乎粮户们拼着家当要打赢官司，只为的争这一口气。

到底二十九军力量不济，再度恶战之后，只好从后宰门退出，而就在门外大街上据守着，这一场恶战，才算告了一个段落。

及至这次战争之后，一般爱好和平，憎恨战争的中年老年绅者们，忽然发生了一种大感慨。据说是看见红十字会在煤山收殓一般战士死尸的照片，以及听说四川大学、艺术学校、附设女子中学等处和附近皇城东边的红桥亭，附近皇城北边的好几条街，都因煤山之战，打得稀烂，一般穷人几乎上无片瓦以蔽风雨，而家具什物的损失，更无以资生，于是一面发起捐赈，一面就焦思苦虑，要想出一个根绝巷战的好方法。

方法诚然不少，并且很有力，就是劝告人民一律不出钱，一个小钱也不出；其次是叫各家的父母妻室，把各人在军队中的儿子丈夫喊回去；再其次是勒令兵工厂一律关门，把机器毁了。然而这些能办得到吗？而且绅者们敢出头说半句吗？都不能，只好再思其次可以做得到而又有实效的。不知是哪一位聪明人，公然就想出了，一提出来，也公然被一般爱好和平的先生们大拍其掌，认为实在是妙不可圈的办法。

是什么好办法？就是由捐赈会雇几千工人，赶紧把那可恶的煤山挖平，将已经变为泥土的煤渣，搬往别处去填低地。"将这个东西铲平，看你们下次还来拼命的争不？"这是砍断树干免得老鸦叫的哲学。

当时这铲山运动很是得劲，报纸上天天鼓吹，大多数人都附和着说是善后处置中，一个最有意思的举动。

既成了舆论，当然就见诸事实。一般人都兴兴头头的，一天到晚在那里"监工"，在那里欣赏这伟大的工作。工人们似乎也很能感觉他们这工作之不比寻常，做得很是认真。果然，在不久的时间，这伟大的工程完毕了，成都城内唯一可以登高眺望的煤山，便成了毫无痕迹的平地。爱好和平的先生们都长长的叹了一口气，颇有点生悔"何不当初"的样子。也奇怪，自从煤山铲平以后，四年了，直到于今，果然成都就没有巷战了！

当时，只有一个糊涂虫，曾在一家小报上，掉着他成都人所特有的轻薄舌头道："致语挖煤山的诸公，请你们鼓着余勇，一口气把成都城墙也拆了，房屋也拆了，拆成一片九里三分大的光坝子，我可担保，一直到地老天荒，成都也不会有巷战的事来震惊我们的。……"

# 忆东乡县

　　我到江西东乡县，是清光绪三十年的三月，离开此地，是光绪三十二年二月，恰满两年。彼时我正在童年，父亲在江西作了一员小官，到东乡县，是为了一件小差事。

　　今日的东乡县，在浙赣铁路线上，自然交通很便。四十年前的交通工具，则只有轿子与独轮小车。由抚州东行，陆路八十里，并无水道。记得当时在东乡县吃鱼，确是一件不寻常的事。

　　在前，交通只管不便，因为东通浙江，西接抚河，故在太平天国战事时，也曾作过战场。我所获得于东乡的第一个深刻印象，便是那战迹犹存的城墙。城墙不很高，宽不到一丈，不但雉堞早已没有，而且遍城头全是乱石，有一些还垒在原有雉堞的一面，一定是守城士兵用以投击攻城敌人之用的。城门洞哩，太小了，敌楼与扉门早无踪迹，我去时，正是承平时节，居民已忘记了五十年以前的战乱，城与壕不过聊具形式而已，有城而无门扉，在那时倒无什么了不起的关系。

　　东门外约有一里远近一条路，满地瓦砾，看来好像不多时节遭过了大火灾似的，原来也是五十年来的兵燹余痕。我到那里时，这东门外毕竟还算是全城的商业区。平常有几十家小商店，且居然有三四家洋广杂货店，最时髦而又最销行的洋货，除布匹外，便是洋油与纸烟。洋油零售价，每斤一角三四分，强盗牌、地球牌纸烟，每盒十支，或带竹烟嘴一支，或带蜡纸短嘴十枚，售洋五分。此二者，在当时为东乡县价格最高的货品。

已不甚记得清楚了，不知是二五八呢，抑是三六九，为场期，名曰趁墟，即在东门外。每逢趁墟，那荒凉的瓦砾场，便立刻变成了一条相当热闹的大街。当时一枚滥牌鹰洋换六百文制钱。鸡蛋每枚二文，顶便宜时到三文二枚；菌类极多，二文一斤，尚是大秤；青蛙最为珍品，每只二文；晚稻米一元两桶，约重今日市秤四十斤上下；松柴八角钱一车，重到二百余斤。

东乡出产，米为大宗，此外则为萝卜、芋头、红苕。东乡称红苕为薯，故当时有歌谣四句，以咏抚州府所辖之六县曰："临川才子金溪书，宜黄夏布乐安猪，崇仁子弟家家有，东乡萝卜芋头薯。"在六县中，东乡为山僻小县，出产最为贫瘠，而人文亦最落后故也。

城以内，最看得出兵燹余痕的，就是县衙门左右二方两大块空地。据言；原是县丞与典史的公署，毁于兵火之后，修复者只有县正堂的衙门，而左堂粮厅（即县丞）、右堂捕厅（即典史）便另买民房驻扎，并在原址上取土筑墙，将两大片空地全围于县正堂的范围内，而取土之处，遂变成了两个大塘。

城内并无大街，只有小巷，除了几家粮食店，和一家肉店外，全是住宅。衙门外半条街最为热闹了，有茶馆，有饭馆，有豆腐店，有小客栈，而最热闹则在春秋二漕，叫四乡人民踊跃来城上粮之时，然而鸦片烟馆则全城有八十余家，在县衙门四周为最多，开烟馆的又大多是三班差人。

我们在那里的第一年，是为东乡县黄老政治模范时代。那时那位县官，姓周，浙江人，举人出身，教子读书之余，顶喜欢的是抽鸦片烟。据说烟瘾不小，而且必要广土才能顶瘾。这位县官，我是看见过的，大约有四十岁，骨瘦如柴，面无血华，十足一位瘾君子，衣服也不考究，一条小发辫，很少是梳光生了的。但是一双眼睛，却有煞气，尤其在夜里十点以后，便衣坐花厅问案时。

　　周县官一年之内，一共没有问上十案。只有一件谋杀亲夫的三参案子，问过四五堂，每每一堂总要问上四五小时，夜半三更，书吏、差人都疲倦得不得了，而周知县的精神愈是勃勃。这时节，不但奸夫淫妇，因为抵死不招，被非刑（淫妇则以细竹枝二束，左右二人执之，打在光背上，不上五十下，背肉就糜烂了，血丝每每飞染到左近的花树上，一次几百鞭，还是不招，扶入女监，将伤养好了再问再打。奸夫则跪抬盒，吊软板凳，拶十指。）弄得鬼哭神号，可以从深深的大花厅内响彻到二堂以外，而且周知县于每次问了正经案子后，必要"比粮差"。

　　彼时，东乡县三班差人中，以粮差为最重要，全县若干都、若干图（数目字记不清了），每图有定额差人一名。但这一名之下，又有若干名下手，称为徒弟，在衙门内，则称为散差，而并无名册。粮差的本等，在催人民缴纳粮银，但粮差并无薪工伙食，好像纯是义务，但是每一差头，都穿好吃好住好，而且要供家养口，讲应酬，吃鸦片烟，手下还要供养几十名徒弟，每一徒弟的身口所需，也须得一并解决，甚至还有弄到小康的。试问钱从何来？自然是从催粮和代粮、垫粮等等上来。人民应出的粮，每年是缴纳清了的，除非有大势力的土豪，安敢欠上一分一厘？然而在县官的粮柜里，年年总有欠粮，这于是就有了一条习惯法，便是要粮收得多，只有"比粮差"，近的三日，远的五日，到比期，而无银可缴，则以竹板力打粮差两股，打得凶，钱就来得多。按规矩，挨打的应该是差头，然而不然，平常应比挨打的，大抵是顶名过堂的徒弟。周知县虽是读书君子，但本分钱是一分也不放松，他知道钱就在粮差的屁股上，尤其是差头的屁股，所以到他在半夜一点以后，"比粮差"时，你就看得出他那有煞气的眼光了。他在审问谋杀亲夫案子时，似乎尚有通融的意思，一到"比粮差"，总是抱着水烟袋，八面威风的咤叱着，一个粮差受比，起码是一千板，非打到两股上现出碗大两个血洼不止。有时一比就是四五人，打人的人有技艺的报着数目，并且有很好看的姿势；挨打的人也是老手，并不要人按头按脚，只安安稳稳平伏在水磨砖的地面上，应着竹板打肉声，而有调子的唤着："大老爷开恩！"

此外，人民的诉讼，便非周知县所欲管了。十控九不准，以致好打官司的东乡县人，控诉无门，除了投凭乡约、保正处理外，只有到粮厅衙门、捕厅衙门去打小官司。衙门小，气候不大，官司打起来也不见得热闹，这一来，东乡县真正办到了政简刑轻（自然，"比粮差"和那件三参案子除外）。加以周知县懒到连初一十五照例的上庙行香，也委粮厅捕厅代行，所以县衙门真个清净到执事仪仗都生了霉，大堂上的暖阁，倒败得和古庙的神龛一样。于是，县衙门里便发生了近乎小说的两件怪事：

第一件，我们去时，曾发现县衙门内大班房中，有一个犯人。据说，是前任拘留下来，尚未讯结的一名偷牛贼。因为是待审的犯人，不能收入监狱，便暂时押在班房里。到周知县手上，政简刑轻，班房中收押的人，渐渐肃清，所剩下的，便只有这位偷牛贼。不知是遗忘了吗？抑或案子太小了，不在县官心上？要是事主没有催过审，刑房便也不送卷，班房里早已没有看守差人；要是这位仁兄要走的话，确乎没有人去理睬的。但是，他偏能守法，白昼自行出去找生活，做短工，夜里便回班房炊爨，菜米油盐，色色俱备，柴哩，便将就班房里的地板天花、门窗户格。班房成了他的私有财产，大概除卖掉而外，他满可以自行处理的了。这位仁兄的下落如何，已记不清楚，所能记的，是我家也曾叫他来做过短工，虽然已五十多岁，仍旧体壮力强，脾气也好，问到他为什么到此地来，他能毫不隐讳的直言奉告是偷牛。

第二件，则是周知县的政简刑轻的结果，衙门中一般寄生虫，在当时称为"衙蠹"的三班六房，除了粮差、户房而外，全弄到无法为生。有一些不必当班应卯的房书、差隶，便散而之四乡，各自谋生。比如厅房里一位书办，便实行归耕，偶尔骑着他家一匹曾经上过战场，由祖父传下来的黄骠老马，到衙门溜达溜达，便又飘然而去。其余，如皂班上的差人，以及县官"坐花厅"时，（上来屡言"坐花厅"，并未说明其体制，兹特略为补叙：县官衙门，在清时，大概全中国都一律，是为定制。大门三楹，外有石狮一对，照壁一垛，壁上照例画一大兽，首西尾东，——衙门全是坐北朝南——又像是传说中的青狮，又像是传说中的麒麟，大约取法于哈巴狗，而加减之，使其更为狰恶可畏，而为现实生物中，所绝无者。其名曰"贪"。仰头向上，上有红日，"贪"身绿色，腿际复有火焰，在下角则为海波。画法也全国一律，或亦为定制。大门之内为仪门，亦三楹，再内，东西长庑各一列，为吏、户、礼、兵、刑、工六房。上为大堂，堂有暖阁，非有大事，不坐大堂。入内，又东西两庑各一列，为三班差役，或亲兵所驻。再进，为侧门，东西庑则为门稿大爷、签押二爷等所住。其上为二堂，无暖阁，仅设公案、印架，问案打人，应该在此。但县官坐二堂，例穿公服戴大帽，站堂之差役，录供之书办，俱应长衣戴帽。二堂之东，为大花厅，另一院落也，其中布置，则无定制，大抵必有花木。而县官平日办公之签押房，亦在此。东乡县之花厅颇大，又异于他处。县官之"坐花厅"，则比较随便，仅穿便衣，不必戴大帽，并可自己抱水烟袋，不必茶房或亲丁装吸。大抵坐炕床上，摆官架子，行刑打人，则在门外廊前。差役、书办、亲丁亦不必穿青衣，戴大帽，人数亦不若坐二堂之多。衙中其余房舍，以无关本文，虽皆有定制，亦从略。）必须当班的茶房，行刑隶等，因为白昼清闲，于是便利用废时，大伙儿组织了一个徽调戏班。特别从崇仁县请了一生一旦来做师傅，一个月后，居然能够上演《三戏牡丹》。这一个业余戏班，在县城内以及近郊，很为有名，生意也不错。一个出色的旦角，是号房里的，一个出色的小生，则是皂班里的。衙门里越清闲，城内外的戏越唱得有劲，一直唱到周知县去任，何知县上任，方才冷落了。

何知县大约是光绪三十一年春漕开征时来的。何知县也是浙江人，出身是进士，年纪与前任差不多，可是不抽鸦片烟，并且手面阔绰，具有威仪，恰是当日一员能吏。刚一接印，衙门便大为热闹起来，而且外自照壁，内到茅厕，都粉刷一新；而且师爷家人一大群；而且天天坐二堂问案；而且三班六房都纷纷复业，兴高采烈的；而且在空地上啃青草的，已不止礼房、书办的那一匹老马；而且衙门外那一条街的生意也好了起来；而且班房也修理好了，随时都有几十人愁眉苦脸的被押在那里；而且衙门里应有的三种声音，也听得见了。何知县把东乡县衙门复苏了，也得了县民的恭维，说何知县是管事的民之父母。

大概何知县的作风是正常的，但是给与我的印象却很浅。像他的作风及为人，在《官场现形记》里找得出来，就是在现今的许多县公署里，或者也有少许相似之处。独有周知县的作风，书上好像不甚找得出，至于今日，更那能容许这样无为而治的仁兄！并且就在那时节，也能使我这个不知世故的童子感到一种奇趣，所以今日尚能从记忆中搜出两件怪事，以为谈资。而于何知县，则甚为渺茫，因此，就不再说下去了。

东乡县还有一官员，给与我的印象也很深。也是《官场现形记》以及任何笔记中，所不能找出的。而且从他一个人，又足以征见四十年前所谓政治军事的实情之一斑。我自然得稍为详细的写一写，但是务请读者不要以为是我的创造，我这笨人，实实创造不出像他这样一个有趣的人来！

此官，为东乡县坐汛的千总，寻常称为总爷的是也。何处人氏，则记不真了，只记得姓苏，号某某，名兰亭。何以记得其名兰亭？因为后来随父亲到抚州，曾在都司那里，看见六县总爷的履历，有四位都名兰亭，由于诧异，故一直记了下来。苏兰亭是回教徒，据说是很认真的，到我们家来，只喝白开水，只吃白水煮鸡蛋。却因为东乡县没有相当数目的回教徒，而东乡县地土薄瘠，更无水田，服劳力田者，并非水牛，即是可以宰食的黄牛。当时禁宰耕牛之令很严，所以苏总爷到必要吃牛肉时，他便下乡了。他有天眼通的本事，能够于数十里之外，查见某处某人，正在私宰耕牛。每次下乡回城，除照例的鸡鹅鸭羊之外，必有两个乡下人，担上好多块真正肥而鲜嫩的黄牛肉，跟在他的马后。这是充公来的。凡与总爷至好，而喜悦牛肉的，也可分担一点"责任"。苏总爷不但像貌并不起赳，身材高而瘦，块头不大，面黄色，微有几团豆斑，见了人极其文雅，极其谦恭，并且一开口，便是之乎也者。据我家一位秀才亲戚说，他认字虽不多，记的书句却不少，抛的文，并不十分不通。

总爷也有衙门，我也到他那里去过。他有一位老太太，一位太太，一位大少爷，一位大少奶奶，一位小少爷，一位二小姐，那时快要出阁了。衙门里有一匹马，一名马夫，两名门兵，一名掌标子，即执旗手是也，有无师爷，有无厨子，有无女仆，则已记不得了。总之，上上下下吃饭的人到底有那么多，开销当然不小。在本县应酬不多，然而对于顶头上司抚州的都府（**即都司**）三节两生，却须送一份厚礼的，算来，一年中的巴结费用也不菲。然而问起来，总爷俸禄全年仅九十六两，七折八扣，能够到手的，不及六十两。巴结应酬约占三分之一，当年的生活费用诚然低廉，然而在宦场中的生活水准，并不见得怎么低下，单是穿之一字，从头到脚，公服戎装，单夹皮棉纱，俱有定制，既是现任官，不能不件件齐备，年年补充，至少也得占去四十两银子之一半。而全年所余，仅仅二十两，怕恐除了一马一夫，光叫总爷吃稀饭，也不够罢？于此，我们就用不着惊异于东乡县汛兵名额为六十名，而实际上，就只有总爷衙门里那四名，（**一名旗手，两名门兵，一名马夫。**）其余的五十六名，都在总爷的肚皮里去了。

虽然兵员不足，但是在秋春二季，仍然要举行一月三操。每逢操演，临时派定全城出壮丁十六名，届时齐集操场。制服哩，只有大红哔叽滚青布宽边的半臂一件，包头青布一条，由总爷颁发，操毕缴还，大抵十六名壮丁，每次都不同，老幼壮瘠高矮，都不一律，当时绿营兵操，犹然一根笋的中国古式操法，绝不是临时凑合来的人，所能办到。因此，这十六名穿大红半臂的家伙，也只是排排队子而已。临到操演，依然是那四名老兵担任了。于是，总爷亲自打鼓鸣金，以为军阵耳目，四名老兵一面旗，便要演出各种花样。先使明火枪，演出几个阵式，有所谓四门阵，梅花阵种种，确乎可以使一般观操的民众，为之目眩耳聋，饱闻火药气味。其次，就是南阳刀、长枪、羊骨叉、藤牌、短刀，所谓马下的十八般武艺，都要择优操一遍。在这些地方，你就可以看出苏兰亭的本事了。他虽然不亲自动手，但是要把那四个人调度到好像四百人的阵仗，一点不令人感觉到局面的落寞，煞是不容易，若非由军功出身，打过盗枭，镇压过械斗的苏总爷，任何人来，未有不丢丑的！

还有一件事，更足以见苏兰亭的勇敢与经纶。这是他那旗手亲自告诉我的，自少总有六成的真实性。据说，苏总爷与东乡王捕厅太爷一样，都是极其厌恶赌博的。两方面都放有耳目在外，只要听见某处有聚赌抽头的场合，他们必争着带领手下扑去。王捕厅因为有职责有事权，所以他的办法更严厉些，总要将赌棍们押去，打了又罚。总爷衙门因为不能押人，获有罪犯，理应送县衙门法办，所以他就比较仁慈，只举一件，以赅其余好了。

某一天，总爷得到密报，距城二十里处，某姓人家，有人聚赌抽头，进出很是不小，而且当宝官的抽头的，都是本县著名流痞，动辄白刀子进红刀子出，随地随时，腰带里总插有几柄风快的匕首在的。于是，总爷不动声色，在黄昏时节，便率领两名老兵，连裁纸小刀都不带一柄，也不骑马，也不穿戎服，只顺带口袋两条，悄悄的直向那危险地方出发。及至走到，正是夜间赌场顶热闹时候。总爷先将地形察看一番，遂把两个老兵安置在前后门口，切嘱：听见场内发生什么时，只在外面吆喝着，以助声威：第一，不可不待声唤，便妄自扑入；第二，不可出手拿人，免得事情闹大了，不好收拾，而且与一般流痞们结下冤家，总是不利的。于是，总爷便独自一人，暗陬中遮掩而入，先挤在博徒们的背后，以观风势。等到场伙正旺，赌注最丰之际，骰盒一推出，总爷便伸出手去，先将骰盒抓了。这一下，全场都激动了，所有的匕首短刀，一齐雪亮的拔出，然而，瞪眼一看，认清楚了是总爷在抓赌，这场面登时改变：一群豪杰，立刻抱头鼠窜。及至总爷将台面清理了后，这才大声吆喝拿人，于是，前后门的埋伏，也吆吆喝喝的助着声威。其后，才将散钱以及零碎滥板鹰洋，帮总爷收拾在口袋里，还顺便收拾些水烟袋、茶壶、茶碗等件，名曰充公。

这么样，所以苏总爷才过活了去，一直到裁撤绿营时。然而，当我离开东乡县时，听闻省城才在开办新兵，武备学堂第一期学生，尚未毕业。

　　除却上来所叙者外，东乡县值得写的，还有好几件。比如那种"易内饮酒"，恬不为怪的民风。因为这在我个人看来，并不觉得奇怪，并且也可以说出它之所以构成的因由。但是，读者们难免不朝坏的方面着想，这一来，岂不将我所最喜悦的这个纯朴地方，点染了一些污痕！何况，那是四十年前的风俗，今日交通已便，而去年又曾遭了一次兵燹，自然一切都已改变了，我们旧日曾以为坏的，必然业已变好，旧日曾以为好的，必然变得更好，因此，我连那时曾去参观过的破天荒的东乡小学，也用不着再写。我只蓄此一个希望，何年何月，让我再能到江西走一遍：而抚州与东乡，恰都在铁路线上，来去也很容易，看一看今日的东乡，究已变成了一个什么样的面目。最可惜的，就是一般童年朋友，别来四十年，不但面目已记不得，甚至连姓名都记不起了。在抚州小学里，只记得一位最调皮的丁鼎鼐，即丁谷音先生是也。还是民国八年，丁先生在四川督军熊克武先生幕中，同我在报纸上打了一场笔墨官司，经人调解晤面，才重新认得。然而又二十四年了，此公究在何处呢？此外，还有一位姓梁的同学，曾于二十年前后，在川边做过县知事，向舍亲杨君说起，方知有此一段因缘。不过没有重晤，甚至榜篆为何，也忘记了。尤可惜者，丁、梁二公都不是东乡县人。我这篇回忆写到这里，不能再写下去。

# 正是前年今日

四月十七，正是去年今日，别君时，忍泪佯低面。含羞半敛眉，不知魂已断，空有梦相随；除却天边月，莫人知。

——韦庄：《女冠子词》

韦先生制这阕词的原因，是怀感他那被夺的爱姬；我今天引咏他这阕词的原因，也为怀感我的所爱而然。

我的所爱吗？读者千万不要误会，这个"所"字绝非有人格的代名词，老实说，这个"所"字只代替的是个地方，是巴黎，是号称为世界花都的巴黎。但我何以独在今日来怀感她？此又有可说的。

韦先生的爱姬是四月十七日被夺去的，故其词如是云云。我之离去巴黎，何幸恰是吾川《西陲日报》诞生的第二天，所以因《西陲日报》的二周年纪念日，我不由的便也如韦先生一样，怅然的怀感起来。

哈！巴黎！真有如弗洛贝尔说的"比海洋还宽广，带着一种殷红的气象映在爱玛的眼睛里"。不过爱玛姑娘尚远不及我，不怕她是法国土生土长的女人，不怕我是远东的游客。因为她羡慕了一世的巴黎，到底不曾见过巴黎半面，除了用指头在地图上游行外，她何尝能如我这个可怜的游客公然在孟马特街上走过，公然在长田看过赛马，并公然在游戏场中度过诺厄尔佳节！

而且爱玛欣羡巴黎与我怀感巴黎的心情也不一样，爱玛之心情若何？读者看了弗洛贝尔的小说自能知道，现在我只把我自己的心情略谈一谈。

至今还崭新的记得：我同何鲁之由蒙达尔尼乘早车到巴黎的情形，火车才过了麦兰，沿途的房舍差不多没有间断过。可怜我这个丝毫未见过世面的远客，每逢火车到一个小站停顿时，总疑惑"怕已是巴黎了罢"？

是时，与我们同一个车厢，有一个少妇。到麦兰，忽又上来一位胡子先生，最初这先生与那少妇是对面坐着，其后，我忙着看窗外的景物去了，偶一回头，不知在什么时候，这胡子先生便已坐在那少妇身边，而且两个人还耳鬓厮磨的谈得很亲密，岂但谈，胡子先生的一双手早已架在那少妇的腰间；还有哩，那少妇，差不多说一句话必格格的要笑五分钟，有时打开手提包，取出一枚糖来自己吃一半，把一半直喂到胡子先生的嘴里。我那时的脑经还被咱们的礼教固蔽着，看见这种情形，很不以为然。其实所谓"不以为然"的真意，尤非是嫉妒，艳羡，并从他们的举动上而竟思索到极秽浊，极不好意思说出口的地方，于是乎我就拿出咱们道学先生的态度来：马起面孔，眼观鼻，鼻观心的，正襟危坐在车厢角上。然而我的眼睛总不大听招呼，它们偏偏要斜溜过去，去偷看他们"现在是不是抱得更紧？是不是在亲嘴了"？不，他们仍旁若无人的在那里调笑，并且自然得很，倒是我的黄脸皮反觉得"有点烧烘烘了"。

于是我就构思："这两个人一定是情人，一定因为在故乡不便彰明较著的相爱才私下的往巴黎去；男的在麦兰上车，必然是预先约好的：用以避人耳目之故也。"这是我根据西洋小说而来的经验。至于"这种婆娘一定不是个好东西，所以才被那胡子这样的开玩笑，早知如此……"这是根据咱们中国传统的思想而然。

其实，都错了。点把钟后，火车驰入里昂车站时，那胡子竟与这少妇握一握手，告了别，扬长的先走了。

巴黎本是人海，车站的总门犹之是一道河口。我与何鲁之，左提藤匣，右挈皮包，随波逐流的冲到门外，"呵！巴黎！"下文呢？

这事说起来，真如演戏一样，天地间事，居然有这样凑巧的！原来我们来巴黎之前，固然已函约李幼椿到车站来接我们，可是你们要知道，战后的法国火车简直是现在的中国伟人，谁有耐性来将就它？

然而，我们正在彷徨之际，周太玄居然迎面而来．他尤其是使我们惊愕的，便是引我们坐地道车。

地道车曷足使我们惊愕？我从翻译的小说上早知道巴黎有这种东西的！只因着见别人费了那么大的工程：在地下打了地洞，用磁砖将顶壁砌得如彼讲究，而电车之阔气更千百倍于成都华达公司的汽车。然而别人所取于乘客的，不论远近，不管你携带若干东西，一律不分贵贱：每位铜元两枚！

到巴黎第一天还有一件事，也是使我至今不能忘的：便是吃中国饭。

是时周太玄、李幼椿同住在巴黎郊外一个小镇中，叫作哥伦布；又因为勤工俭学生的会馆，正在此地，所以在民国七八九这几年勤工俭学生鼎盛之时，这里几乎有点唐人街的气象。于是一般豆腐公司中的直隶朋友们，便应运而兴的伙组了一个小小的中国饭店，名曰协和饭店，每人四个法郎一顿，有中国菜两小盘，安南白米饭一钵。那天老周做东，于例菜之外，又特花四个法郎加了一色爆炒腰花。

我与老何本在蒙达尼尔中学校被陈面包、洋芋、通心粉、半生的牛肉、沙生鱼等等把胃撑粗糙了的，一旦吃着中国菜饭，那进口的饭粒好像都生有飞翅似的，舌头牙齿都拦不住，一径的便钻进喉咙而去。我们诚觉这样吃法太不雅观，然而有什么办法呢？只好劳烦直隶朋友多在白瓷饭钵里盛几次白饭罢了。后来因为面子问题，不能不把饭碗放下，其实，还只是一个半饱。

此外，还有一件事：是中国饭吃饱之后，又经老周引我们去游玩薄罗腻森林。森林是我们自小就喜欢的，但又从未满足过那欣赏的欲望，成都北门外昭觉寺的林盘也不算小，然而何尝能如小孩子的空想："走半天都走不完。"并且极讨厌的就是"落叶满地，无路可走"！

蒙达尼尔便有一个大森林，据说周围有十几里，到蒙城的第二天，曾慕韩便引着我们前去，坦道四出，浓荫蔽天，业已令我们欣赏不置了，（老曾口里只管说："自然之美！自然之美！"其实两只眼睛老瞅着脚尖，高兴时，便挥着手杖，畅谈天下大事，这是使我最难受的。后来我们游林时，总往往要设法把他躲开，然而失败的次数却也不少。）不过拿它来与薄罗腻森林相比，那简直是拿登徒子的老婆去与宋玉东邻之子赛美，岂但不伦，也未免唐突美人呀！

要我具体的把薄罗腻森林之美写出来，我没有这种艺术，而且也去题太远，现在我只能笼统说一句：无论游玩我们中国的什么名胜，什么名园，诚然也有令我们极其惬意的地方，但是也有感觉不足之处，常常总觉得"这里再修理一下，那里再种点花树，便更好了"。可是在薄罗腻森林中就不然，总觉得处处都合人意，处处都熨帖入微，处处都有令人驻足欣赏的价值，除了这三句，我实在不能再赞一词。

或者有人要说："够了，够了，仅仅巴黎郊外的一小部分的地方，你便这样赞叹得天上有，地下无，若再说到城内的繁华，怕你写一百万字还不能尽哩！总而言之，欧洲的物质文明，那不消说比中国发达，但是讲到仁义礼智信，所谓五常者，欧洲人总未必能如我们中国罢？"

此问甚属有理。我是笨人，说不出许多道理来答复，现在仅就我在巴黎亲眼看见，亲耳听见的几件事，姑且当作笑话谈谈，不知道与五常到底有无相干？

华林第一次从西伯利亚作哑巴旅行到巴黎时，一路之上，只说得出一个欧洲字，便是"巴黎"。在路上受俄国人三次热烈的帮助，德国人一次热烈的帮助，公然到了目的地。有一天到街上去遨游，不知不觉走到城外很远的处所，这不消说，要循原路回去，那是万不可能的。他便去问警察。但他仍只能说得出他所住居的街名及客店的招牌，警察向他指示了一长篇，他摇头表示不懂，又拿出地图给他看，他也用动作来表示不明白。是时看热闹的人业已不少，于是便有一个须发皓然的老头子挺身出来，不知向警察说了些什么。警察允许了。那老头因就挽着华先生走到一处，上了电车，走了一程，又改坐街市汽车。一路上通是老头子出的钱，并一路同华先生高谈阔论，而华先生一字也不懂。末后竟走到华先生所住的这条街，这个客店，那好事的老头始亲亲热热的与华先生告别而去。此一事也。

宗白华赴德国去时，路过巴黎，我们都各有功课，不能陪他，而他又不能说一个法国字，然而他却在巴黎整整的游玩了一个月，凡我们足迹所未到过的地方，他都去来。他说："有什么困难！街道呢？我有地图。用钱呢？我有当五法郎的票子：我固然不知物价，也弄不清是生丁、法郎，但我有妙法，便是拿一张当五法郎票子出来，他们自会找补我。坐电车坐汽车，我只须把地图上我要去的地方指与他们一看，他们自会载我去，到了目的地，自会请我下来，车费呢？我只须把现钱抓一把摊在手上，他们自会如量的收取。在我只觉得他们过于廉洁，过于老实……"

李幼椿有一次在龚果尔广场赶电车，他自己太手忙脚乱了，一只脚抢上脚踏，电车开了，他便从脚踏上跌下来，但他仍死死的将铜柱握住。登时全车都呼号起来，电车立停，十双手把他挽上车去，从头给他检验到脚，殷殷勤勤问他伤了哪里？其实他仅把膝头处的裤子挂破了一块。

再说我自己。我害病当中受了法国人不少的同情，那不用说了，此外最使我不能忘的，便是我出病院不久的时节，瘦得很像木乃伊，两条腿棉软至载不住上半截的身子。一天，我要去寻找周太玄，应该在卢森堡公园旁边，越过一片极热闹的广场。此处的汽车无匹其多，在健康的人当然很容易趋避，可是我却踟蹰起来。忽然，两个老太婆走来问我，是不是要过街去？我说是的。于是她们就去请了一个警察来扶住我的左臂，一个老太婆扶住我的右臂，硬从车子当中，把我缓缓的保卫过街。末了，只是向他们道一个谢字而已。

此外还有若干的事，一时断断写不完，比如在餐馆里吃了饮食，自己到柜上去报帐结钱；又如曾慕韩同黄仲苏由德国乘着头等车回法国，在路上被扒手将老曾的皮夹子扒去，连车票皆损失了，两个人仅仅剩了一百法郎，遇着验票的同他们开玩笑，而居然跑出一个法国工人，一个比利时的纨绔子弟，硬借了几百法郎给他们，连他们的姓名也不问。总而言之，重功利的欧洲人，逐处都有不重功利的表现，而反求之于我们中国社会则何如？我在上海、汉口不知被车夫小贩欺了多少次，我在前面走路，后面的人赶上来踩了我一脚，反把我痛骂一场，说我不让他。这在欧洲我却没有见过，我们在那里逐处都听见很恭敬的声口，在说："得罪，先生！"我们初到法国，看见那般茁壮的老头子，婀娜的年轻姑娘，总不免要定定的看他们一番，老头子察觉了，便向你脱一脱帽；年轻姑娘察觉了，便报你以巧笑，这种事我在中国社会中老不曾遇过。无论什么人的小孩子，你去同他说话，他必极恭敬的站着，极有礼貌并且极爽利极明晰的回答你，而每一句话总要冠一个"先生"。黄乃渊、陈昭亮们几个小朋友在法国国立中学读书，同法国孩子争斗起来，受先生处罚的总是法国孩子。于此便令我想及南尔森的儿子在分设中学读书，老同学们不是曾将别人按在地上撕头发，谓之拧羊（洋）毛吗？我们在南校场将哈尔德打了，他两弟兄进学堂找吕雨荪述冤，不是曾被我将人家哄出去吗？尤令我念念不忘的，便是前年回川时，"万流"轮船经过万县，载客上轮的小划子拼命抢来，偶一不慎，便弄翻了一艘小划子，眼见一个妇人、一个十七岁的少年、两个船夫登时淹死，而在甲板上打牌的朋友、吃饭的朋友，通没有一个动色相顾的，大概都有孟老夫子的修养吧？真非我们神明之胄的子孙不足以言此也！大成会的先生们以为如何？

我这一趟野马真跑得有点收不住缰了，再这样跑下去，我前面的题目就非换过不可，算了，如今且来就题目谈点正文收束吧！

我前年之离去巴黎，直可说是不得已。不得已者何？没有钱容我再安坐读书是也。于是借了盘费，把要走的手续通办好了。海船定于六月五日由马赛启行，我于六月二日由巴黎动身，先枉道过蒙北里野走一遭，然后赴马赛。于是五月三十一日傍晚，在李碧芸女士（**李幼椿的大姐**）寓所吃了炒滑肉之后，李幼椿便提说："你在巴黎只有一天了，这一天不可辜负，当怎样玩一玩？经此一别，不知什么时候再来巴黎！"

于是我们商量了好久，总没有是处，后来因李大姐说："六月一日是凡尔赛宫喷水的时候，我们在法国几年，总没有机会去看过，这次不可不去。是了，上半天到凡尔赛去看喷水。其次呢？回巴黎吃意大利餐馆，赴歌剧院看演《浮士德》……"

凡尔赛宫这个地方，大凡读过法国史的未有不知道：因为它与路易十四及法国大革命的关系都非常密切。此地离巴黎约有五六十里，在巴黎的西南边，本来是个小镇市，因路易十四的离宫建在此地，于是就有名了。离宫的建筑那是很有名的，现在虽改成了博物馆（专陈设法国历史的战事画），而法国人也争气，就连以前的一案一几，细微至一管鹅翎笔都保存得好好的。凡路易十四、十五、十六，以及路易十四的宠姬，十六的皇后马利们的办公室、御书房、寝室、用具都一一照以前的原状留着，游客只须各出几个铜板，便可听看守人一处一处给你解说，比读一部死板板的历史书有趣得多。

凡尔赛宫最足以留连的并不只离宫，而是离宫背后的林园，这林园是路易十四时有名的林园大匠赖罗特所布置的，广大无匹，而每一个林子当中，又别有建筑。我这里不能详述，只就喷水池一项，略说一个数目罢。

凡尔赛宫林园中的喷水池全在前部：与离宫朝堂正对，走下两道大理石崇阶处，有一个比较稍小，池为圆形，约有五丈左右的直径，喷水之台共有三层；对直下去，走过一个约长半里的长方草地，极葱茏整齐之美，沿林之边，满置大理石花钟及大理石雕像，林外，又有一池绝大，池中置铁铸之日神像一具，八马踊跃，壮美入化；前者名为拉鲁克池，后者名为日神池。此外日神池之右偏林中又一圆池，名曰昂克那德池；在日神池左偏林中则为一石柱之林，两柱之间并有小喷水器一具，约有三十余具；此外，在拉鲁克池界下右偏林中共有四小池，每池之中以大理石琢一女像，象征春夏秋冬，即名为四季池；更下林中复有一池，名镜池。此数喷水池为最著名者，余外尚有多池，各异其状，更有为吾人所未及知者，实在说不清楚。

凡尔赛宫喷水池喷水之期，一年仅有几次，据我知道的：六月一日一次，七月十四日国庆节一次。据法国人说，因为喷水一次须花几千法郎的修理费，所以不能常喷。

现在且说六月一日之晨，九点钟时，我便从卢森堡公园后门侧，圣密舍尔大街中一段，跳上电车，三站，到了当霏尔广场停下，又步行一条街，方至李大姐寓所。是时李幼椿已在那里了，我们三个人便动手做起中国饭来。饱餐之后，李幼椿因中国学生会有事，只约定傍晚在歌剧院相会，于是我就同李大姐出来，乘地道车到孟巴纳士火车站，赶十点半钟的火车到凡尔赛宫。

火车一走过了哇尔，左右山谷及山陵上通通是森林，若干的人家全在森林中，而各家又都有一个小花园，房舍的建筑也各式各样，风景之美，不怕我就在这条路线上已走过十多次，却总有观之不足的感情。

那一天似乎是礼拜日，往游凡尔赛宫的男女真多，一直挤到了目的地，方才完事。

惜乎我们来早了一点，要正午十二点钟方开始喷水。离宫内，我们已经游厌了，尤其不合我们意思的就是地板太滑，差不多同溜冰场的冰面一样，只要脚胫上的劲一松，包你就会当场献彩；而且那些战画，画得诚然好，但我们对法国历史不熟，除了最熟悉的几幅外，其余如某某年某地之战，那便连眉目也弄不清楚，所以看着也没有趣味。

这点把钟的空隙，如何弥补呢？去游大小屠利亚泷吗？太远，步行来回，人已够疲倦了；去在大运河中划船吗？所有的划子都赁完了。踟蹰复踟蹰，恰好，左边林子里忽然乐声幽扬："奇哉！今日助兴的音乐，何以在上午就开奏起来？"好，就听音乐去罢！

哈！今天林子里还特别，竟自有卖饮料的，可是座位差不多都没有了，我们巡回了一周，才在几位乡绅太太丛中匀了两把绿铁椅子出来。口正渴了，一连喝了两杯啤酒，李大姐喝不来啤酒，喝了一杯鲜柠檬水，即此，连小费已去三个法郎，这却远不如我们的茶馆。

音乐队正在旁边空地上，有四十多人，原来不是军营中的乐队，却穿着普通衣服，悄悄一打听，才知是本市各工人自由组织的，导奏员是一个白胡子老头子，看他拿着两条短木竿指挥若定的好不有兴趣。

说到欧洲的音乐，成都的读者们，切莫要联想到学校里的风琴，更莫要联想到我们"干城"们在街上号咷的东西，尤不是一个大鼓，一个铜铙招摇过市，为人作广告那玩艺。现在研究西洋艺术的先生们已多，我是外行，说也说不清楚，你们最好去找那般内行，先请教西洋的乐器，以及它们的分类法，然后再请教西洋音乐的合奏原理，夫然后你们方能恍然悟到在森林当中，听四十多人合奏的西洋音乐，可多么爽快！

闲话不必多说，一言归总，等到我们看见众人纷纷出林而去，我们也跟着出来时，各喷水池的水早已冲天的喷了起来。

在各喷水池当中，自以日神池的水势最壮观：合计下来，喷出的水分下十几股，每股皆有品碗粗，皆喷到三丈多高。自然在堵勒利公园的喷水池中，也有喷到这样高的水，可是，仅仅一股，与日神池比起来，真有《儒林外史》夏老爹不欲观村里条把条龙灯之概。

喷水的美观，我简直无法形容，只好请诸公闭眼想想，当诸公幼小时，每逢倾盆白雨檐溜如帘，满阶之下，翻珠跳玉，不亦巨观也哉！倘诸公能忆此景，便可与言："凡尔赛宫喷水，实百倍美于檐溜如帘时也！"

观水之后，复返巴黎，乘摩托之车，赴意国之馆，饱餐多马特面，畅饮"伤巴捏"酒（**即香槟酒也**）。这些琐碎事，权且略过不题，兹所欲言者，惟歌剧院之情形耳。

歌剧院称为法国国立戏院之一，其实并非完全国立，只每年得政府之补助费数十万法郎而已。此院为法国最高等之戏院，所演尽属歌剧，名角辈出，其经理一职，例属名人。在前五六年，有经理某，能通中国文学，曾将李白之《长干行》译为韵语，在此院排演，备受法人之欢迎。

歌剧院全为大理石所建，碧琉璃之飞甍，花岗石之游栏，气象之雄壮，雕镂之精美，直可谓并世无两。场内之辉煌，更不必说，所不便的，即是法国人之过于慎重其事，此在中国人之眼中，几何不使人笑绝，略述二事，以概其余：

入门之后，自卖票之人起，皆服大礼之服，戴峨峨之冠；女侍者即穿白围裙，戴白色花纱巾，恭谨将事，如对大宾，此可笑者一也。

观剧之人，头等座男必礼服，女必着袒胸之晚装服；二等以下，虽不拘礼，但亦男限青色衣裤（**女可随便**），否则，不但受经理人之纠正，即在众目睽睽之下，亦将不终剧而去。

作者再拜而言曰：对不住！对不住！这篇东西，本欲给《西陲日报》凑个趣的，编辑先生却又限我要多写一些字，在我的私意未尝不想做活泼些。无知力与愿违，动手得既迟，而又因别的事牵掣，天气又热了起来，提笔便觉头痛，因此之故，我这篇短文，在前虽扯了一个大架子，而写到后来，不但衰而且竭，潦草到不堪，并且简直不能终篇了。莫奈何，只好就此夭折，这个过错，我甘愿以百身负之！

# 说说嘉乐纸厂的来踪

话说中华民国十三年秋，小可看了一场西洋镜之后，叶落归根，依然精赤条条跑回这九里三分的成都来时，在前六年与几个朋友共同办理的《川报》，还未被杨督理子惠先生封闭，仍一天两大张的在印行。而令小可深为慨叹的，则是自从民国五年，因为洋纸缺乏涨价之后，暂时采用的夹江的土纸，八年了，还暂时的在采用。

于是有一点心血来潮，忍不住，向《川报》的主办人宋师度先生谈及："四川有这么多的造纸原料，而新闻纸的需要又如此其重要，何以自周孝怀先生开办的进化纸厂失败以后，再没有人继起来干这种实业？我们虽然都是穷酸，何不张开口来喊一喊，或许喊得出几位有力量的热心人来，开上一个机器纸厂，也算积了一点阴功了！"

宋先生好不热心，登时就问我在法国的中国朋友中，有没有学造纸的。

我说："如何没有呢？与我同时去法国的王怀仲先生，就在格罗白城造纸专门学校毕了业，并且在工厂里实习了一年多，现正在回国途中。只不知他先生愿不愿意回来？"

宋先生一面就叫我发信去招呼王先生回川，一面就先约同卢作孚先生、李澄波先生、郑壁成先生、杨云从先生、刘星垣先生，还有一位讲社会民主主义，数年前在普陀海浴，死于海水的孙卓章先生，来做发起人，提倡在百废俱兴的当日的四川，实现一个理想的机器造纸厂。

到民国十四年八月，虽然宋先生主办的《川报》，在头一年十一月，因为杨督理的秘书长黎纯一先生，仿照欧美流行办法，将为他的同学同事而又是至好朋友的喻正衡先生，在《川报》上替登了一条求婚启事，被一位樊学圃先生看见，认为过于肉麻，于是乘着酒性，便照样拟了一条一个女性的求婚广告，而条件内最重要的，则是要男的日服威古龙丸若干，——小可见少识寡，至今不知威古龙丸是一种什么样的丸药，吃了，而于女的发生什么样的效果。——而《川报》的发行某先生又太老实了，老实到不解此种广告，是一回什么事，竟自照章收了费，交到排字房印出来。于是乎这药线便点燃了，于是乎宋先生刘筱卿先生连同小可，一并着宪兵大队长袁葆初先生，奉令派兵押去，说是要重笞。其实只关在副官室优待了几天，得亏卢作孚先生委婉说情，才各自滚回去吃各人的老米饭，而《川报》则如此寿终正寝。

虽然，在十四年六月，卢作孚、郑壁成两先生也离去通俗教育馆，而往合川办理电灯，办理轮船去了。

但是王怀仲先生却在江、浙等处把各纸厂调查了一番，回来了。而各位发起人则仍然做着机器造纸的大梦在。

那时发起人又加了程宇春先生、陈子立先生、朱良辅先生、钟继豪先生，和民国十六年，想尝试物质文明的滋味，不幸汽船在下重庆的磁器口翻了，而死于河水的陈岳安先生。这些人中，除了卢作孚先生、孙卓章先生不曾认股外，大家便认起股来，多者一千元，少则五百元，顶少的二百五十元。

但是大家还不敢冒昧从事哩。一面请王先生做了一个计画书，按照极简单的设置，说是要三万元的资本；一面定名为万基机器造纸公司筹备会；一面请王先生到夹江、洪雅、嘉定一带去调查原料出产，及制造厂地。

事隔一个多月，王先生来信说，在嘉定晤见吾川赤手兴家的实业大家陈宛溪老先生，对于机器造纸，极端赞成并愿出极大资本，请省方同人不必再招零星小股，其详情俟彼返省面告。

陈宛溪老先生的确是四川一个了不起的人物。他是三台县的一位秀才，榜篆开汕。本来是位寒士，三十几岁上还在乡间教私馆，那时提倡实业的风气尚未大盛，而他老先生竟能看见田间一株野桑，而兴感到蚕桑大利。后来便以薄田数亩押制钱四百串，一手一脚，排除乡里疵议，居然做成了一番事业。又得前清劝业道周孝怀先生的大助，以及前清名御史荣县赵尧生先生的鼓吹，以及他老先生能以文学写出他实际经验的著述，于是名声日大，事功日成，中间也曾受过无算波折，而到民国年间，除了潼川的禅农丝厂外，居然还在嘉定独立经营了一个规模宏大的华新丝厂。在民国十一年后，资产达到一百余万，在民国十四年，他已六十多岁了，竟能把他的敏锐老眼，从当时还未显现衰象的丝业环境中，转移到机器造纸上来，这是何等可令人佩服的地方。

省城一般有志无力的穷酸朋友听得这消息，是何等的欢喜，姑且按下不表。

我哩，则等到民国十五年三月，王怀仲先生从他眉州故乡返省，邀约一般股东，大吃了一顿，顺便商量，公举何人偕同王先生到嘉定去与陈宛溪先生接头，好仰仗他的力量，实现我们的妄梦。那时众人都有事，不能分身，这趟好差事，不幸就加到小可身上。

王先生与我是坐民船去的，落脚在与华新丝厂相去二里之遥的嘉裕碱厂中。第一个晤面的是碱厂总帐黄远谋先生，第二个是碱厂经理乐山县商会会长施步阶先生，这两位先生，也是空拳赤手奋斗成功，至今还在路上竞走的豪杰哩。要大略写出，又不免是一长篇，并且要述说一下我到嘉定与诸君会商的情形，也未免太烦，暂时煞住了罢。

次日走往丝厂去见陈先生——王先生因为家事，船过眉州，便上岸去了，小可到嘉定，完全是凭了他几封介绍信去的。——我初没有料到这位犹然保存着书生面目，毫无通商口岸一般大亨们应有的骄妄愚庸，而身材瘦小到比我这仅够尺码的身材还更矮的老资本家，老实业家，看了我第一面，彼此一揖之后，开口第一句，才是"啊！李先生，我等得好苦呀"！

我们两个从年龄到一切什么相去如此不侔的一老一少，居然谈得那么的投合，那么的有味，至今整十年了，回思起来，尚觉诧异。

跟着就会见宛溪先生的第二位贤郎陈光玉先生，这是帮助宛溪先生成功的一位实验事业家。跟着就偕同宛溪先生进城去会见有力量的张富安先生，以及当时的邮政局局长，为人极其干练而通达的陈渐逵先生，以及任过旅长而毫无气息的陈紫光先生，于是机器造纸一事，便渐渐转为了一时的谈资。

陈宛溪先生与我的意见顶一致的就是：鉴于进化纸厂的失败，我们应该踏实做去，第一不要铺张，第二须从小处着手，第三待工匠等的艺术练习熟了，工程师的学问踏实的加入了经验，然后再扩张起来。复将王先生所拟的，计画书一一的核实审定，计算头一步试验工作，连厂地连机器，至少要五万元。陈老先生首先认股一万元，张富安先生认股一万元，外在嘉定募股一万元，由陈老先生负责，省城与眉州方面共募股二万元，由小可与王先生负责。公推陈老先生为筹备主任，并将万基纸厂之名，由陈老先生改定为嘉乐纸厂。

（此稿本想如此的写下去，不谓才将上段写出，便因无聊的应酬耽搁下来，一搁就是三天，交稿之期，已迫得只有半天了，如何还能容我这样牵枝带叶的？写好罢长言不如短语，下面只好话一个轮廓，待有时日，再细细的说与诸公听者。）

嘉乐纸厂造纸的原料，采用稻草七成，竹麻三成。这两种值钱不多，附原料则是嘉裕碱厂的烧碱，那就值价了，贵时每百斤十六元，贱时亦不下十三元，每天用碱三四百斤不等。此外耗费最大的，就是煤炭，平均每日要烧四十元上下。

嘉乐纸厂的厂地，是一个废置了的烧碱厂厂地，连同房屋锅缸等，作价·万元加入股本。

嘉乐纸厂的造纸机，是天津一个小铁工厂承制的，又粗糙，又简单，又小，作为试验之用则可，以之营业，则吃亏绝大，其余如发动机，碾浆机，洗浆机，蒸稻草的汽锅，都是在上海配置的。锅炉二部，都是极陈旧的卧式圆筒锅炉，极其费炭。

民国十六年夏，全部机器运回，因为是时长江不靖，运费吃了绝大的亏，所幸还未受有意外损失，只是因了某种原因故，未将造纸机上必要的铜丝布与毡子配够，试了半月，粗糙的漂白新闻纸虽造出了一些，而铜丝布与毡子则坏，全厂停工等候新货之到，把所余的几千元的活动资本损失干净，这是嘉乐纸厂开张鸿发的第一个打击。

到了民国十七年，第二次开工时，本应该加以扩充的了至少也该增加活动资本万元上下，方足以资周转的，却又因了不少的原故，第一个使有力量的张富安先生冷淡下来，第二个使陈宛溪老先生也不大起劲了，一个重担子又不幸的压在小可肩上。这一年直把小可压得骨断筋拆，而纸厂则终日在闹穷，终年在闹子毡不够使用，如此一直弄到民国十八年夏，小可出省游历，才将一副重担强迫交与陈光玉先生去乘位。

到民国十九年春，纸厂仍是停顿着在。开工哩，不但没有钱，而且还有许多的债。别人欠的纸价，却收不到。不开工哩，社会上却已有了这种需要，彼时洋纸仍是很贵，土纸仍是松滥，大家投了五六万元的资，既已略有成绩，如此收下未免可惜，也未免对不住人。小可曾与好几位发起人为这事直弄得好几日食不甘味，心上很难过。

后来，又大家约到嘉定商量了一度，以为就要破产，也无产可破，不得已只好又凑出几千元来，强求施步阶先生出任经理一职，仍由王怀仲工程师指挥工作继续起来。

但是情形很是欠佳，一方面资本太小，机器太不行，出品太不如意，成本太高。一方面受着苛捐杂税的影响，以及跌价、倒帐种种的不景气。拖到民国二十年，又不得已第二次关门大吉，不但资本蚀得罄净，并外欠了上万的债。

彼时，二十四军正在提倡实业，大家颇有意思将全厂折成出让，"成功不必在我"，而只求成功，但是接触了几次头，不行。

后来因为大家的鼓吹，施步阶先生又只好陷入重围，设法将工作恢复。从那一次起，大家给施先生帮忙之处更少。至今，闻说施先生已为纸厂拉帐达一万数千元，而售纸所入，仅够周转，所不幸的，就是倒帐户头太多，致令早想增加的东西，还不能买，早想改善的东西，也迟不能置备。

现在工程师王怀仲先生正本其十年苦干的经验，作了一个踏实的扩充计划，大概得资十数万元便可日出上等新闻纸若干吨，或许这是一个转机。且等他的计画拿来，再在报纸上披露，要是能够感格有力量人的热心，那吗，我们的十年旧梦未始没有实现的一天。不过……

　　　　二十四年十二月三十日正午手僵得实在写不下去之时

# 从吃茶漫谈重庆的忙

——旅渝随笔

到重庆，第一使成都人惊异的，倒不是山高水险，也不是爬坡上坎，而是一般人的动态，何以会那么急遽？所以，成都人常常批评重庆人，只一句话："翘屁股蚂蚁似的，着着急急地跑来跑去，不晓得忙些啥子！"由是，则可反映出成都人自己的动态，也只一句话："太懒散了！"

懒散近乎"随时随地找舒服"。以坐茶馆为喻罢，成都人坐茶馆，虽与重庆人的理由一样，然而他喜爱的则是矮矮的桌子，矮矮的竹椅——虽不一定是竹椅，总多半是竹椅变化出来，矮而有靠背，可以半躺半坐的坐具——地面不必十分干净，而桌面总可以邋遢点而不嫌打脏衣服，如此一下坐下来，身心泰然，所差者，只是长长一声感叹。因此，对于重庆茶馆之一般高方桌、高板凳，光是一看，就深感到一种无言的禁令："此处只为吃茶而设，不许找舒服，混光阴！"

只管说，"抗战期中"，大家都要紧张。不准坐茶馆混光阴，也算是一种革命地"新生活"的理论。但是，理论家坐在沙发上却不曾设想到凡旅居在重庆的人，过的是什么生活呀！斗室之间，地铺纵横，探首窗外，乌烟瘴气，镇日车声，终宵人喊，工作之余，或是等车候船的间隙，难道叫他顶着毒日，时刻到马路上去作无益的体操吗？

我想，富有革命性的理论家，除了设计自己的舒服外，照例是不管这些的。在民国十二年当中，杨子惠先生不是用"杨森说"的标语，普遍激动过坐茶馆的成都人："你们为什么不去工作"，而一般懒人不是也曾反问过："请你拿工作来"吗？软派的革命家劝不了成都人坐茶馆的恶习，于是硬派的革命家却以命令改革过重庆人的脾胃，不许他们坐茶馆，喝四川出产的茶，偏要叫他们去坐花钱过多的咖啡馆，而喝中国不出产必须舶来的咖啡、可可，以及彼时产量并不算多，质地也并不算好的牛奶。

好在"不近人情"的，虽不概如苏老泉所云"大抵是大奸匿"，然而终久会被"人情"打倒，例如重庆的茶馆：记得民国三十年大轰炸之后，重庆的瓦砾堆中，也曾在如火毒日之下，蓬蓬勃勃兴起过许多新式的矮桌子、矮靠椅的茶馆，使一般逃不了难的居民，尤其一般必须勾留在那里的旅人，深深感觉舒服了一下。不幸硬派的革命下来了，茶馆一律封闭，只许改卖咖啡、可可、牛奶，而喝茶的地方，大约以其太不文明之故，只宜于一般"劣等华人"去适应，因才规定：第一不许在大街上；第二不许超过八张方桌；第三不许有舒适的桌椅。谢谢硬派的"作家"，幸而没有规定：只许站着喝！一碗茶只须五秒钟！

如此"不近人事"的推销西洋生活方式——请记着：那时我们亲爱的美国盟友还没有来哩——其不通之理由，可以不言，好在抗战期间，"命令第一"，你我生活于"革命"之下，早已成了习惯。单说国粹的茶馆，到底不弱，过了一些时候，还是侵到大街上了，还是超过了八张方桌，可惜一直未变的，只是一贯乎高桌子、高板凳，犹保存重庆人所必须的紧张意味，就是坐茶馆罢，似乎也不需要像成都人之"找舒服"！

# 成都的一条街

　　我要讲的成都的一条街，便是现在成都市人民委员会大门外的人民南路。（按照前市人民政府公布过的正式街名，应该是人民路南段，但一般人偏要省去一字，叫它人民南路。这里为了从俗，便也不纠正了。）

　　要说明人民南路的所在，且让我先谈一谈旧成都的形势。

　　目前正在带动机关干部、部队、学生、居民、农民，分段包干拆除的旧城墙，是一个不很整齐的四方形。据志书载称，周围二十二里八分。因为从前的丈尺略大，最近据成都市城市建设委员会测量出来，是二十四里二分多（当然是华里）。又志书载称，这城东西相距九里三分，南北相距七里七分。

　　成都说起来是个古城市。若果从战国时候秦惠王灭蜀国、秦大夫张仪于公元前三一○年开始建筑成都城算起，它的确已有二千二百六十八年的历史。但是，成都城随着朝代的变更，它也变了无数次，始而是大小两座城，继而剩下一座城，后又扩大了变为二重城、三重城，后又变为一座完整的大城。今天的规模，是唐僖宗乾符三年高骈作西川节度使时建筑唐城的规模。可是现在拆除的城墙，不但不是八世纪的唐城，也不是十三世纪后半期的明城，甚至不是张献忠之后、清朝康熙四年所重修的城，而实实在在是在清朝乾隆五十年彻头彻尾用砖石修成，算到今年仅止一百七十三年，并非古城。

成都位置，偏于川西大平原的东南，地势平坦。当初规划城市时，本可以像北京市街一样，划出许多正南正北、正东正西的区域来的。但是不知为了什么原故，城内街道全是西北偏高、东南偏低的斜街。我们把成都市旧街道图展开一看，便看得出，只有略微偏在西边一点、大致处于城市中心的旧皇城，是端端正正坐北朝南的一块长方形。

旧皇城，一般人都误会为三国时代刘备称帝的故宫。其实不是。它是唐末五代、前后两个蜀国在成都建都时的皇城。这地方，经过宋元两朝的兵燹，不但城垣宫殿早已无存，就连清人咏叹过的摩诃池，也逐渐淤为平陆，变成若干条街巷。到明朝第一代皇帝朱元璋册封他的第十一皇子朱椿为蜀王，为了使朱椿就藩，于洪武十八年才在前后蜀国修建过的宫垣基础上，更加坚固、更加崇宏地造了一座和当时南京皇居相仿佛的蜀王宫。蜀王宫的规模很大，几乎占去当时成都城内总面积的五分之一。宫殿园囿之外，有一道比大城小、比大城狭的砖城，名宫城。一道通金河的御河，围绕四周。御河之外，还有一道砖城，叫重城。宫城前面是三道门洞。门外是广场，是足宽一百公尺以上的御道。与门洞正对，在六百三十余公尺远处，是一道二十余丈长、三丈来高的砖影壁，因为涂成红色，名为红照壁。在门洞外二百五六十公尺的东西两边，各有一座高亭，是王宫的鼓吹亭，东亭名龙吟，西亭名虎啸。明朝藩王就藩后，虽无政治权力，但以成都的蜀王宫来看，享受也太过分了。这王宫，到明朝末年，张献忠建立大西国，在成都即位称尊，改元大顺元年时候，又改为了皇城。不满两年，张献忠于公元一六四六年，统率军民离开成都，皇城内的一切全被烧毁、破坏，剩下来的，就只一道宫城、三道门洞，以及门外横跨在御河上的三道不很大的石拱桥（比横跨金河上的三桥小而精致）。十九年后（是时为清朝第二代皇帝玄烨的康熙四年），四川的政治中心省会，由保宁府（今阆中县）移回成都。为了收买当时的知识分子，开科取士，又将废皇城的部分地基（前中部的一部分），改建了一座相当可观的贡院。一九五一年被成都市前人民政府加以培修利用，作为大小会议场所的至公堂、明远楼，就是这时候的建筑物。

从我上面所略略交代的历史陈迹看来，这地方，实实应该叫作明蜀王故宫，或贡院。本来在门洞外那条街，早已定名为贡院街的。但是百余年来，人们总是习惯了叫它作皇城，把门洞外的一片广场叫作皇城坝，习惯真是一件可怕的事情！

现在我所介绍的这条街——人民南路，便是从旧皇城门洞（今天应该正名为成都市人民委员会大门）向南，六百三十余公尺，到红照壁街的一段，恰恰是明蜀王故宫外整整一条御道。不过今天的人民南路宽仅六十四公尺，比起三百年前的御道，似乎还窄了一些。这因为在一九五二年扩建这条街时，曾于东御街的西口、西御街的东口，在积土一公尺下，把那两座鼓吹亭的石基挖出，测度方位与距离（横跨在金河上的三桥，也是很好的标准），看得出，当时的御道，应该有一百公尺以上的宽度。

这条人民南路，以现在成都市的市政建设规划来说，恰好处在中轴线的中段。这条中轴线，向北越过旧皇城，经由后载门

（现在街牌上写成后子门）、骡马市、人民中路、人民北路，通长四公里（从人民南路的北口算起），而达今天的宝成铁路、成渝铁路两线交会的成都火车站，可能不久时将改称为北站。因为现在从人民南路南端红照壁起，已新辟一条通衢，通到南门外小天竺，不久，还要凭中通过四川医学院（原华西大学），再延伸四公里，直抵成昆（成都到昆明）铁路起点车站，也可能将来会改称为南站。由人民南路北口到成昆铁路起点站的黄家埝，有六公里。将来这条联系南北两车站的中轴线为十公里。请将我所说的距离想一想，现在的人民南路，岂不恰恰处在中轴线的中心一段吗？

在这条中轴线的南段，即是说在今天的人民南路之南，将来是会出现不少的崇丽宏伟的大建筑的。今天的人民南路，仅只在东西御街街口以南摆上了一些大厦，如新华书店、人民剧院、百货商店等。旧社会的卑陋窳劣，几乎等于棚户的房屋，尤其在北段地方，还遗留得不少，当然，不久的将来都会拆除改建的。

人民南路的北段，不像南段布置有街心花圃。这里是每年五一、十一两个大节日，广大群众为了庆祝佳节而集会的场所，旧皇城门洞，这时恰好就作为一座颇为适用的检阅台和观礼台。按照城市建设规划，这地方将来还要向东、向西、向南拓展若干公尺，使其成为一片名副其实的广场。

人民南路的兴建，它向成都人民说明了新社会的可爱；它增强了成都人民对美好远景的憧憬，也增强了成都人民对社会主义建设的信念。不要看轻了这条街的兴建，它确实具有很浓厚的政治意义的！

这里我应该谈一谈人民南路的前身了。

我前面所说的贡院，从清朝末叶废科举之后，它就几经变化：清朝时候是几个高、中学校兴办之所；辛亥革命是军政府；其后是督军公署；是巡按使和省长公署；再后又是高级、中级学校汇集地方。抗日战起，学校迁走，起初是无人区域，其后便成为贫民窟。解放后，成都市人民政府于一九五一年迁入（仅占旧皇城的四分之一，其余地方作为别用，不在此文范围之内，便不说它了）。为了要利用至公堂，特别在新西门外修了一片人民新村，光从至公堂上迁走的贫民，差不多就上百家。几十年间，御河已经淤为一道臭阳沟，不但两岸变成陋巷，就河床内也修了不少简陋房子。至于宫墙，那是早已夷为旱地，不用说了。

旧皇城门洞外直抵红照壁的那条宽阔御道，在清朝时候，便已变成了三条街道。北面接着皇城坝，南面到东西御街口的一段，叫贡院街。这条街，是废科举之后才修起来。科举未废之前，因为三年必要开一次科（有时还不要三年），要使用这地方，在平时只能容许人民，尤其聚居在这一带的回族人民搭盖临时房子，要用时拆，不用时再搭。科举既废，再无开科大典，这条街因才形成而固定下来。

这条街的特色是，卖牛羊肉的特别多。因为上千家的回族人民聚居在四周，所以这里便成了回民生活上一个重要的交易场。除了牛羊肉外，几乎所有的饮食馆都标有清真二字。

贡院街之南一段叫三桥正街。三桥，便是横跨在金河上的三道砖石砌成的大桥。这桥的建造，可能还在明朝以前。但构成三桥那种规模，却与明蜀王宫的修建同时。若照三道桥的宽度来看，是可证明从前御道很宽。但是到清朝后期，这里变成街道，街道的宽度，就比中间一道桥的桥面还窄。六十年前，成都有句流行隐语，叫"三桥南头的石狮子——无脸见人"！意思便是三道桥当中一道桥的南头的一对大石狮，早已被民房包围，等于石狮躲进人家，无脸见人。街道比桥面窄，因此桥面的两旁，也被利用来做了卖破烂、卖零食的摊子。

三桥正街之南一段，正式名字叫三桥南街，一般人却叫它为"韦陀堂"。原因是这条街的西边有一座韦陀庙宇，街的东边，本来是一座戏台和一片空坝，辛亥年以后，也变成了一条窄窄的小街。

再南便是红照壁。六十年以前，照壁跟前不过是些棚户，清朝末年，照壁跟前成了一条街，所谓照壁，早已隐在店铺的后面，不为人知。一九二五年才被当时反动政府发现，以银洋一万元的代价抵给当时的商会，拆卖得一干二净。

今天的人民南路，宽度六十四公尺（三桥也联成了一片路面），不但有街心花圃，不但有行道树，而且是柏油路面，它是中轴线上的通衢，它也是人民集会的广场。今天看来，它是何等壮阔，足以表现新社会人民的雄伟胸襟。然而它的前身，却原是那么污糟的三条街！可惜那些旧街景的照片已难寻觅，请伍瘦梅画家默画出来。请看一看那是何等可怕的一种社会生活！

不过今天的人民南路还在变化中。它将随着社会主义社会的建设，而一年一年的变。肯定地说，它将愈变愈雄阔，愈变愈美好。现在我所叙说的人民南路，还只限于一九五八年秋的人民南路。

# 访朝散记

　　我们一过鸭绿江，踏上朝鲜的土地，登时就感觉到所有古今中外诅咒战争残酷的文字，在平时读起来尚有酸辛味道的，在此刻，简直不够味儿了。在鸭绿江边的新义州，尚还看得见所谓"废墟"，所谓"断井颓垣"。越向东北部走，便什么都没有了，连"废墟"，连"断井颓垣"，这些差可令人留忆的东西，全没有了。而剩下的，只是光光的一些山岭，一些丘陵起伏的平地，一些衰飒迎风的秋柳。好像这地方若干年来就不曾有过人踪。但是这些想象却终于被现实取代了。因为穿插在这些地方上的，有新近才修复的铁路轨道，有正在修复的道路桥梁，有填补后痕迹犹新的公路，更令人注意的是沿铁路、沿公路，密密布满的炸弹坑、炮弹坑。有的弹坑蓄满了水，变成一个大池塘，但多数仍然是干的，甚至有的已被锄松了土，种上了粮食。朝鲜秋收较晚，我们经过时，有些弹坑中还黄澄澄地竖着令人喜爱的晚稻。如其你从火车上看见某些地方尚有未倒塌的烟筒，和几堵巍然耸立的洋灰墙壁，壁上整齐地排列着一些窗孔，那你一定会直觉地感到这是一所大工厂；没有烟筒而洋灰墙壁显出是座楼房模样的，必然是什么学校、公共建筑或重要的行政部门；如其铁轨多，弹坑更多，只管看不见其他设备，如水塔之类，而仅有几间新近才搭盖成的茅屋或厂棚，那你也一定会知道是什么有名的火车站。

朋友，朝鲜地方遭受的战争祸害，就是这样的严重，严重到无法形容。我们住在西南的人，尤其在抗日战争时期的四川人，或许以为当时日本飞机轰炸重庆，将重庆一城炸得遍体创伤，大部分崇楼杰阁都化为瓦砾之场，是太残酷了罢？但是，只要你一跨过鸭绿江，并不必走多远，你的宿恨就会变样——我不是说你的宿恨会从有变为无，或从深变为浅，而是相反地，会恨上加恨，加到千重万重，会像过去恨日本军阀那样，甚至比那样更厉害地恨美帝国主义侵略者。因为拿过去重庆被轰炸所受到的创伤和现在朝鲜所受到的创伤相比，那实在渺不足道，日本军阀的飞机的破坏力，无论如何也难及现在美帝国主义侵略者的飞机破坏力的百分之一。在朝鲜，美帝国主义者两年多来光是在破坏铁路方面，就出动了飞机十五万多架次，投弹约十八万颗，约有八万八千八百多吨。这个吨数比起第二次世界大战中，德国投在英国本土的炸弹总数还多百分之四十以上；仅在一个主要桥梁近旁，两年多来就落下了两万多颗重磅炸弹。同时，在你感情上，同朝鲜人民之间也绝没有丝毫彼此界限的存在，而认为这是朝鲜，这是我们邻邦的灾难，好像与我无关痛痒，相反地，我觉得，我们这次同行的人，一看见朝鲜被美帝国主义侵略者所无端作出的这种深创巨痛，无一个人，不管是男的女的，不管是老的少的，无不咬牙切齿，痛恨那些侵略者，那些和平生活的破坏者，而将这种创痛，引为像自身所受的一样。

朝鲜所遭受的战祸，确乎是我们中国人，尤其是我们西南地方未曾身受过日本军阀的"三光"灾害的人们所能想象得到的。我们这次到朝鲜，脚踪有限，还未走近三八线地方，即以我们所走过的地方来说，已经没有所谓城市，所谓乡村。我们到达朝鲜时，已是停战协定签字之后的三个多月，沿路上，我们看见若干倔强的人们，在田间，在路旁，在山麓，在毫无树木遮蔽的光光的土地上，因陋就简地搭起聊以容足的、有地坑的茅屋。我们老早就听说，朝鲜工业相当发达，工厂虽未到处林立，而乡村电气化却是办到了的。今天所见，几乎使我们怀疑以前我们的所闻，城市人居，已经化为乌有，更从何处去找工厂？虽也曾偶尔看见一些未被炸塌的空烟筒，那只能说是全部被炸毁的工厂废墟中的幸存者。但就在这些幸存者当中，倔强的人们已经振臂而起，首先把弹坑填平，其次把机器修整，就在没有顶盖的厂房下面，好几所大工厂已像复苏的巨人，慢慢喘起气来。

朝鲜人民的生活，据我们所闻，在一九四五年解放以后，一般都比较富裕。尤其是乡村中那些曾经受到日本军国主义、资本主义侵略和压迫以及本土上地主阶级压榨的贫雇农，他们以前吃不饱，穿不暖，伸不起腰，抬不起头，而在解放以后，分得土地，打破枷锁，得以自由自在地成家立业，几年当中，大都成为小康之家。工矿业本来发达，解放后大多数又收归国营，工人没有失过业，生活得也颇优裕。但是，现在呢？你们想象得到：他们美丽的城市，宏伟的工厂，花一样的田园，锦一样的乡村，什么都没有了，都被万恶的侵略头子美帝国主义，和它所率领的一伙比禽兽还不如的小强盗的飞机大炮炸光了，打光了，烧光了，毁光了！美帝国主义侵略者和寡廉鲜耻、甘心出卖民族国家、只为一己富贵、像蒋介石一样的李承晚，满心以为凭着这样的残酷手段，定可以使这些倔强的人民低头认输罢？那却不然！那伙强盗和禽兽的估计错了！他们不明白朝鲜这个民族，原本就是倔强刚毅、热爱祖国，虽经战祸而不馁的，残杀了一批，第二批又会挺身而起；残杀了男的、少壮的，老的、少的、女的却又会挺身而起；城市乡村烧光了，他们就毫无所有地迁入山洞山沟，凭着少数助力和一双粗手，一颗坚强的心，依然不屈不挠地生活下去，斗争下去，并且还满怀信心地期待着明天的胜利，一点也不颓丧。我们在朝鲜听说过这样一件事：一个正在工作的中年妇女，她的独生女儿被美帝国主义侵略者的冷炮打死，她亲手掩埋了女儿的尸体，没有哭一声，默默地回到工地，继续做起活来。一个中国人民志愿军战士看见，甚为诧异地问她，为什么不哭？她回答是："我们朝鲜人民的眼泪在几十年中已经流干了，现在摆在我们心里的，只有恨，只有恨！"多么倔强的妇女！这样的例子，到处可闻，到处可见。

　　这样倔强的民族已经令我们尊敬莫名了，同时更使我们钦佩的是朝鲜人民无论男的、女的、老的、少的，无论干着什么样艰苦吃重的工作，无论过着什么样的辛酸苦痛的生活，也无论处在什么样的危险困难境地，他们总是表现得严肃、认真、坚强、自信，同时还表现得高兴、快活，有时甚至高歌、起舞。他们用不很好的工具来耕田、种地、填弹坑、修筑公路桥梁、恢复工厂房舍、打石洞、运木材等；他们几年来吃不到油荤，有些歉收的地方，曾成月地吃过草根和松树皮；穿的更为单薄，十二月的天气，当寒风凛冽时，气温降到摄氏零下七八度，多少妇女儿童，不仅一身单衣，甚至还有光着脚的；在简陋的房舍中，虽有热地坑可以御寒，但工作却常常在户外进行，儿童们每天都要跑相当远的路程去上学；他们在敌人炮火炸弹威胁之下耕种、工作，在距离前线阵地很近的地方抢运朝鲜人民军和中国人民志愿军英勇作战光荣负伤的伤员们，以及协助战士把弹药粮食飞运到最前线的时候，你在他们那刚强坚忍的面孔上，很难看到一丝愁苦、恐惧、焦急和烦闷。

我曾亲眼看见几位老年、中年、少年的男子和妇女，他们或她们在叙说一九五〇年九十月间所经过的种种危难灾祸时，在叙说一九五一年到一九五三年七月二十七日停战协定签字之时为止，这一段时期中，如何在月光下耕种、收获，或跑路工作时，大都以谈笑出之；谈到敌人异常残暴之际，也只是目光炯炯，眉宇间横溢出一种难忘的仇恨，而丝毫没有悲哀可怜之色。

如此倔强的民族，如此有信心而快乐的民族，他们是生气勃勃，敢于恨，敢于爱，敌友界限极为分明的人。他们对美帝国主义侵略者，比恨蛇蝎、猛兽还恨，对中国人民志愿军，比爱他们的亲骨肉还爱。

我们听说，在一次敌机投下燃烧弹，把家屋包在烈火当中时，一位极可尊敬的妇女，宁可缓一步抢救她受了伤的亲妹妹，却冒着浓烟，首先把一个在屋中养伤的中国志愿军伤员背了出来。

我们还听说，朝鲜人民在前线抢运中国志愿军伤员，碰上敌机低飞扫射时，他们不惜伏在伤员身上，来作掩护。志愿军某师李师长告诉我，因此，若干志愿军重伤员不但感动得流泪，而且连骨折肉裂的痛楚也不知觉了。

这样的例子太多，太多，简直不胜列举。

这次我在慰问时，也遇到过两件极不足道而又为我平生尚未经过的两件小事：一件，是我同一小部分代表去某处新近才成立的郡政府慰问和访问，午夜十二时，我们在月光下告别上车之际，一位须发苍然、身体结实、出身农民的劳动党党员，突然同我这个没有胡子的中国老汉抱吻起来；不但热情的抱吻，一次又一次，而且还呜呜咽咽，泪流盈腮地说了多少意味亲切为我所不懂的话，那种依依不舍的情感，绝对不是外交应酬，也绝对不是寻常友谊所能有的。另一件，是我们在志愿军某师所在地祭扫烈士墓的事情。因为头一夜，我们在某处的里政府访问会上，一位朝鲜女同盟盟员谈到，她每次经过一处烈士墓前都要加一捧土的情况，我们才决定请这位妇女指引，前往墓地祭扫添土。祭扫后，我非常感动，把一枚中朝友谊章亲手别在这位妇女的胸前。当时，我看见她眼中发出的异样光辉，她紧紧握着我的双手，通过翻译对我说："阿爸基（即老大爷或父亲），你们放心罢！你们回国后，我一定照从前一样，要把这些坟墓好好地添土看护下去，并且永远地看护下去！"如此热情的语言，如此热情的把握，如此热情的顾盼，你能说是外交应酬吗？你能说不是出于至情吗？

朝鲜人民原本是敢于恨，敢于爱，敌友界限极为分明的人，他们经过这三年多战争的锻炼，受到了美帝国主义侵略者残酷的伤害，也受到了中国人民志愿军扶危救困，直接地、忘我的帮助，在损害和爱护的对比下，要使他们不死死记下恩仇，要使他们麻麻木木不把对恩仇的感情强烈表达出来，那简直是不合情理的想法。一些同志告诉我们，美英等国的俘虏顶容易管理了，一大群俘虏，只须几个人带上，不管黑夜白天，翻山越岭，赶多少路，吃多少苦，冒多少危险，没有一个俘虏敢掉队，更不要说逃跑了。就让他们自由行动，他们也不会走掉。因为他们自己知道，他们在朝鲜干了些什么事，假若不跟着志愿军走路，一旦被朝鲜老百姓抓住，他们多多少少会吃一点他们所播种下的苦果的。甚至，有一个美国军官，腿子受伤，坐在路旁等候志愿军来俘虏。事后，这个美国军官十分感谢这位俘获他的徒手通讯兵，说："是你救了我！"

相反，每一个朝鲜人民对于志愿军，对于我们这些去慰问他们的中国代表，却真有一种难以形容的情感。老远的列队欢迎，代表们一下车，就被高高抬起，一抬就是几里路。女学生们人小力弱，抬着我们高大壮实的女代表，无论怎样流汗喘息，也绝不放手。六七十岁的老太婆，一遇见我们去，就高兴得跳起舞来，一拥抱上我们上了年纪的女代表，就哭着笑着的说这说那。一些代表住在朝鲜人家里，衣服一换下来，就被女房东抢去洗涤得干干净净，然后送回。朝鲜的黄牛是最得力的牲畜，耕田用它，拉车用它，驮载用它，而美帝国主义侵略者又抢走和宰杀了不少，现在留存下来的，就更珍贵，要宰杀一头牛，必须得到好几级行政机关的批准，却不料我们这部分代表在访问一个郡时，朝鲜主人就特别为我们宰了两头牛。在另一个新成立的小郡访问时，他们也宰了一头牛来招待我们。无论在慰问会上，在座谈会上，在个别的访问中，我们每一个代表都受到了逾分的重视，每一句话都受到了逾分的欢呼。不管是在祭扫烈士坟墓的时候，还是在慰问完毕告别的时候，凡是上了年纪的老大爷、老太婆和感情浓郁的中年男女，大都会痛哭失声，使得一些代表们也眼泪婆娑地走了老远还不能自已。

朝鲜人民和朝鲜地方政府的同志们，在同我们谈到这次残酷的战争时，总是说，假若没有中国人民志愿军及时跨过鸭绿江，假若不是中国人民志愿军的艰苦奋斗，假若没有全中国人民响应毛泽东主席的抗美援朝的号召，并坚决执行下去，他们说，朝鲜的情形实在有点难于设想。他们又说，他们之所以能在世界上成为一个独立、自由，和将来有希望成为一个和平、统一的国家，以及目前在停战后，和平局面尚不大稳定的情势下，就能及时地着手恢复工作，除开苏联和其他爱好和平的民主国家的支援外，中国的帮助是更大，大到难以计数的程度。特别是最近中朝友好协定签字后，中国宣布自一九五〇年五月二十五日至一九五三年底，所有的对朝鲜的援助物资，作为无偿赠予，以及自一九五四年起，四年之间，继续对朝鲜进行无偿援助这一件事，他们更是感谢。他们这种心情，是人之常情。而我们慰问团的代表们却有另一种想法，也是人之常情，那便是：像在朝鲜这样一场残酷的战争，设若一旦战火烧向中国，或者战争在中国境内发生，对于我们国家经济的恢复和建设多少都有些不利。虽然我们在中国共产党和毛泽东主席领导下，已经站了起来，已非解放前百年间的积弱之国。我们并不害怕帝国主义的侵略，我们有力量把它伸入的矛头打断，有力量把它纵入的战火扑灭，但是我们毕竟要费些力量，毕竟要受些不应有的损失，毕竟要分去一些精力。因此，我们怎么能够不对朝鲜人民、朝鲜人民军、朝鲜政府和朝鲜人民热爱的英明领袖金日成元帅致以深切的感谢呢？我们感谢他们不屈不挠，在那样艰苦的环境中，在那样危难的情势下，依然充满信心、咬紧牙巴、苦战下去；同时还竭尽心力，协助中国人民志愿军，使中国人民志愿军得以取胜，使中国人民得以有时间来作好抗美援朝工作。诚如邓华司令员在志愿军出国作战三周年纪念大会上所说："没有朝鲜人民，朝鲜人民军及其政府，对我们的热烈帮助与协同，要战胜凶恶的敌人是不可能的。"的确，不但战胜凶恶的敌人不可能，连保卫亚洲和平，打乱帝国主义侵略者第三次大战的计画和时间，那也会成为问题。这一点，我们慰问团的代表全都深有感受，所以代表们对于朝鲜人民给我们的那种逾份的感谢，都不免深感惭愧，更感到自己或自己所在地区中的抗美援朝工作没有作好，还不够深入普遍。

朋友，承你们不弃，委托我们到朝鲜去慰问中国人民志愿军，慰问朝鲜人民、朝鲜人民军、朝鲜各级人民政府。我们感到幸运的是，得以在朝鲜停战协定签字以后最好的时候到达。我们的工作作得不算好，但朋友们叫我们必须转达给志愿军，转达给朝鲜人民的心情和敬意，我们算是作到了。我们也受到了不少爱国主义、国际主义和新英雄主义的良好教育。除志愿军外，朝鲜人民在一举一动，一言语，一顾盼中给予我们的教育实在不少。对于美帝国主义侵略者在朝鲜土地上进行的不可名状的损害情况，我们是永生难忘。由此，我们更加认识到帝国主义确是和平人类的死敌，帝国主义存在一天，对和平人类的威胁就存在一天!

朋友，我们这次朝鲜一行，获得的教育实在不少，就像一位代表所说："无异进了一次国际主义大学。"我个人愿将所得全部倾吐出来，贡献给朋友们，作为我个人的"杂包儿"（**成都话，作客回家携带的糖果等**）。但是很惭愧，嘴已经笨了，不能尽意；笔更笨，只能写出这一丁点儿不像样的东西，原谅罢！原谅罢！

# 是一幅画，是一首诗，是一支歌！

天气是那么热，由北京饭店去怀仁堂的小汽车里的气温，高达华氏一百一十度。然而我们的心似乎还要热些，每逢开会，我们总是前四十分钟便跑去了。

倒不是为了怀仁堂有冷气设备，而是由于要听李富春副总理报告"关于发展国民经济的第一个五年计划"，而是由于要听许多代表和政府某些领导同志的发言。

去年第一次会议，通过国家根本大法：宪法——一部最完整、最新型的人民民主专政宪法，已经感觉到太重要，是中国划时代的一件大事。今年哩，一个"计划"，一个"规划"，比较起来，它的重要和令人兴奋的分量，并不亚于去年；我个人感到，在某些部分，某些程度上，好像还超过了去年。

例如黄河：

"据历史记载，黄河下游在三千多年中发生泛滥，决口一千五百多次，重要的改道二十六次，其中大的改道九次。"最近而使人民受灾最重的一次，莫如"一九三八年蒋介石政府在河南郑州附近掘开南岸花园口河堤，造成黄河大改道，受灾面积五万四千平方公里，受灾人口一千二百五十万人，死亡八十九万人"。又"从一八五五年（清咸丰五年）到现在的一百年间，决口就发生了二百次"。

如此一条三千多年不断为害人民的"害"河，自从远古圣人大禹略为把它驯服过一段时间，历史上许多聪明才智之士，简直没法解决的问题，到工人阶级政党——中国共产党和它的领导人毛泽东主席当家之后，于今才五年多，由于苏联七位专家的帮助，经过了实地查勘、缜密研究，居然就制订出一个切实可行——有些部分已经实施了——兴利除害的综合规划。三个五年计划之后，便可小成，再约三十五年时间，就可以使它变为"清水"河，就可以使它完全担负起"灌溉""发电""航运"的重责，"黄河为害"，从此成为历史上的故事。

我们听了报告，又看了图片和模型展览，简直兴奋到说不出话。

这不是一幅美丽的图画，一首抒情的诗歌，一种悦耳的音乐么?

又例如第一个五年计划:

虽然自从总路线总任务提出，已经知道经济建设第一个五年计划从一九五三年就开始执行，并且知道今年又是决定性的一年，对于这个计划，似乎心中早已有数，所不知的，仅只是一个全面性的概要罢了。然而，一看见李富春副总理的"报告"，厚厚的一百零三页，算一算足够六万多字，还没有听他口述，便已觉得分量不轻；再一看"计划"，更其厚厚的一百九十一页，算一算足够十一万多字，（从经验中知道，但凡重要的报告和计划，都是经过许多人、许多专家，许多次的研究讨论写出，没有什么多余的句子和多余的字的，所以从篇页之多，就可以决定它内容的丰富了。）不由心里喊出:"这简直是一部非常作品！这简直是一部导向社会主义工业化的万宝全书！"

果不其然！当我们分组学习讨论时，越发觉得它博大精深，无美弗具，而又每一事都是能够按年按月完成得了的。

我这个未经数学训练过的头脑，平日最不容易了解的就是数目字和百分比，偏这一次，对于数目字和百分比，却发生了浓郁的兴趣。记得曾向同组的巴金同志说过："这些数字，好像都带有音乐性。"巴金也有同感，因此才写出了那篇以"音乐数字"为题的文章。

如今想起来，再把"报告""计划"读了一遍，方感到光赞美它具有音乐性还不够，实应该说，它本身就是一幅美丽的图画，一首抒情的诗歌，一种悦耳的音乐！

同时，我确也感到我们今日之能制订出这个"计划"，不是容易的事，要不是工人阶级政党革命成功，要不是毛泽东主席英明领导，要不是马克思列宁主义的理论指导，要不是苏联的帮助，要不是各人民民主国家的协作，要不是全国人民的拥护，要不是"抗美援朝"的胜利，我想，能否制订出这样完美的一个导向社会主义工业化的第一个五年计划，那好像是问题吧？即令勉强制订出来，能否期其实现，能否像现在按年按月来完成，自然更是问题。

来得不容易，我们就该像保护自己眼珠似的保护它！我们除了努力工作，完成自己任务外，确应该"提高警惕，肃清一切反革命分子"。因此，我于发言中，特别赞同罗瑞卿部长的发言。

# 致敬，现代的"五丁"们

## ——为庆祝宝成铁路通车作

四川地方史书《华阳国志》的作者，晋朝常璩和作《三国志》的陈寿，都是四川人，都是被评定为有良史才能的人。由今看起来，这位常璩确实是个良史家。他所著的《华阳国志》的《蜀志》篇，一开始就抓住了重要环节，把由陕西到四川的交通一项，交代得又清楚，又扼要。根据的是一种极为有趣动人的传说。

据说，当公元前三百三十八年左右，秦国惠文王即位以后，打算和蜀国来往。却因山川阻塞，不通车道，便使出条妙计，将五块大石，琢成五条大牛，摆在秦蜀交界地方；每天早晨，悄悄放些金子在牛的身旁，遂放出消息说，石牛会屙金子，还派了百多名兵丁来保护这些牛。消息传到蜀国。蜀国国王开明十二世恰是一个贪财好色、暴虐无道的奴隶主，因此，就向秦王要这些屙金子的石牛。秦王当然无条件的允诺了。蜀王遂派遣五丁力士前去开道迎取石牛。

"五丁"是蜀国的劳动人民，大概是世代相传的石工。不是一个人，也不是五弟兄，而是一群石工的通名。《华阳国志》

说，这些人能够"移山"，能够"举万钧"（按一钧合三十斤，一万钧合三十万斤，相当于现在的一百五十吨），但凡蜀王死后，所竖立的动辄几万斤重的墓碑石，全由五丁承办。由这，我们可以推想：这般专门劳动的人民对他们的工作，必不止是凭借天然的体力，还一定有特殊智力。有当时一般人所不了解的工具。

为五丁开辟出来的迎取石牛，可以通行四匹马拉动大车的车道，就叫石牛道。这道，虽然给暴虐的奴隶主、蜀王开明第十二世一族带来了不幸，可是给全四川人民，甚至贵州、云南，差不多包括整个西南地方的人民，却带来了无比其大的利益。根据《华阳国志》所载，光说对四川的利益，总括一下就有：城市建筑（大夫张仪、司马错，筑成都城、郫城、邛城、江州城）；道路建筑（因为使用兵车，秦人所到之处，都有驰道）；开辟商场（《华阳国志》说："修整里阓，市张列肆，与咸阳同制。"咸阳是秦国都城）；发展渔业（因筑城取土成池，仅以成都言，便有万顷池、龙坝池、千秋池、柳池，冬夏不竭。平阳亦有池泽。《华阳国志》说："是蜀之鱼畋之地也。"）农田水利（公元前二百五十年，即秦灭蜀后五十六年，秦孝文王任命李冰为蜀守。李冰兴修农田水利，现在大家只知道都江堰一处，其实遍川西、川南都有他的业绩。光是离堆，他就凿通了三处。《华阳国志》记得很详，这里不能一一录列）；振兴工业（盐井、火井、铁器、织锦、造车等）；普及文化（公元前一百五十七年，汉文帝任命文翁为蜀守。那时四川是"世平道治、民物阜康"，文翁除了继续李冰业绩，扩展农田水利外，便以全力兴办学校，并派遣

"隽士张叔等八人"，到山东去"授七经还以教授"。从此，四川文化不但很快赶上了山东省的先进水平，还进一步发皇光大，在哲学、文学、史学、文字语言学……各方面都有了独特的建树）。

因此，四川人从历史的知识上，深切懂得"天府之国"所最需要而与广大人民最有利害关系的，是什么了。

因此，他们从一九〇三年起，就希望能有一条现代化的交通工具——铁路，从省以外越过高山峻岭通进来，他们不惜省衣节食，一分一厘地来积累这笔浩大的投资。

明晰四川的历史，懂得四川人的意念，那就能够理解一九一一年（辛亥年）川汉铁路建筑权，被当时买办官僚断送给帝国主义时候，四川人为什么要起来反抗，要作保路运动，牺牲流血，以致引起辛亥革命；也才能理解一九五二年七月一日成渝铁路通车时候，四川人，尤其中年以上的四川人，为什么会那样喜欢，喜欢得流泪；并且也才能理解宝成铁路从一九五二年七月一日破土兴修那一天起，四川人为什么比全国的人更为注意，更为关切，对它的工期每次缩短，几乎当作自己家里的喜事一样，彼此喜笑颜开地奔走相告；也才能理解一九五五年四川省人民代表大会第二次大会上，有代表建议四川省应该组织一个慰问团，到宝成铁路向全线职工表达一种真挚谢意的时候，全体代表为什么欣然地一致通过，并在一九五六年二月，四川省人民委员会便及时的执行；也才能理解在宝成铁路正式通车的今天，四川人为什么比起一九五二年七月一日成渝铁路通车时候，还更雀跃；也才能理解四川人为什么把宝成铁路叫作"走向幸福之路"。

　　四川人最懂得毛主席的一句话："今天的中国是历史的中国的一个发展。"

　　四川人对于两千多年前的五丁力士的功劳，至今不忘。今天宝成铁路带给我们的好处是数不清的。修建宝成铁路的全体职工的功劳，更千万倍于古之五丁，四川人永远记得，永远感谢！同时，四川人也要深深感谢中国共产党和毛主席。因为没有党和毛主席的领导培养，怎能出现这么多的忘我劳动的现代五丁！这条无比艰巨的铁路也不会在短短的几年中修通！当然，这中间也包含有苏联专家的帮助，四川人民同样记得，同样感谢的。

# 春　联

想到壬寅春节是我国在连续三年大灾害之后，决可转入一个上好年景的年头。为了表达我至诚祝愿，因拟一副春联，安排过春节时，贴在我菱窠的木板门扉上。春联刚刚拟好，恰巧《西安晚报》编辑同志远道来信，要我对壬寅春节写点什么东西。无已，便将这副春联移赠《西安晚报》作为我对西安朋友一片至诚祝愿，假如可以的话，便请看这春联的联文：

> 人尽其才，地尽其力，物尽其用；
>
> 花愿长好，月愿长圆，人愿长寿。

通统是古人撰的文词，我当然不能代表说撰得不好。我只能说，下联三句头二字着我颠倒一下，未免点金成铁。其次是，上联有个"人"，下联又有一个"人"，也是毛病。再其次是，二十四个字几乎都是"平"对"平"，"仄"对"仄"，若叫我的私塾老师看，（幸而老师早已去世，没法看得见！）准要打手板几下，以作"俭腹谈文"之戒，春联虽是一种"雕虫小技"，到底是我国文艺中一种特技。从前的文人学士，好多人都喜欢搞这一道。尤其在腊月下旬，我们成都街头巷尾，就有春联摊出现。老师们（大抵是三学中穷酸，和教私塾的学究先生）磨出大盘墨汁，裁送出大大小小、长长短短的朱砂红纸，等候农工商贾、住家人户来照顾一两副春联，去贴在刚正打扫或是洗涤干净的大门门枋上，作为除旧迎新的标帜。

春联摊上写的春联，大多数是现成诗句，或者早已传诵的成联。但遇着老师高兴，也可问清你是哪行哪业，临时撰就一副切合身份的联语。比方说，你尊驾是打铁的，那，他撰的联语，便是：

> 三间东倒西歪屋，
> 一个千锤百炼人。

> （注：此联借用于某笔记）

你尊驾是裁缝，他撰的联语，则是：

> 裁遍春风三月锦，
> 缝成花样十分新。

你尊驾是摆书摊，兼收售新旧书籍的，联语是：

> 九十日春朝暮雨，
> 两三间屋古今书。

你尊驾是开骡马店的么？他撰的是：

左手牵来千里马，

前身定是九方皋。

（注：此联亦借用于某笔记）

　　诸如此类的联语，多啰，再录百十副，也录不完。

　　不过老师们年年挥洒出来的，还是古人诗句和现成联语为多。以我们成都而言，记得从前到处看得见的，总不外是："小楼一夜听春雨，深巷明朝卖杏花。""又是一年春草绿，依然十里杏花红！""五风十雨升平世，万紫千红总是春。"四字句，多半是："物华天宝，人寿年丰。""开门见喜，对我生财！"一般商贾们大抵都喜欢贴这样的春联："生意如三春花柳，财源似万顷波涛。"

　　在清朝光绪末叶，我们成都出过一件因贴春联而得了好处，因而出了名的佳话，现在成都七八十岁的老年人还知道这件事。容我记述于下，作为我这篇该打手板的短文煞尾好了：

　　那时节，有一个候补知县大老爷，是陕西省泾阳县举人出身，姓名叫伍生辉，号介康，分发来四川候补，因为赋性梗直，不善逢迎，一条水晶板凳，一坐十年。据说，这一年，穷得几乎当尽卖绝，过不了年，伍大老爷满腹牢骚，遂在除夕日，撰写了一副春联，贴在大门口。不想次日元旦，四川总督锡良朝了会府回衙，打从伍大老爷寓所而过，从轿中看见这副春联，不由大喜，认为这是才人手笔。不但当日就传见了伍大老爷，而且不等开印，就叫布政司挂牌，委他署理绵竹县知县。伍大老爷从此飞黄腾达，才名远驰。从前许多穷酸说起此事，无不垂涎羡慕。措大们眼孔小，没有抱负，且不管他。若以文笔而论，伍生辉这副春联确还可诵，现在请看他的联语：

> 十年宦比梅花冷，
> 一夜春随爆竹来。

# 悼念诗人吴芳吉

各位来宾：

今天我们追悼的人，并不是有权有势的达官，也不是退居林泉的遗老，而是穷愁孤愤，抑郁牢骚的一位诗人。觉得我们今天到会的人们，都具了一副惨淡的面孔，热烈的衷肠，在这云淡风凄之中，来追悼这诗人，自然比别的追悼不同，而且很有意义的。至于，我们之必要追悼这位诗人的动机，就是因为他虽是一个诗人，但却不是通常那吟风弄月，抛撒点闲恨闲愁的诗匠，而是具有杜甫悲天悯人的思想，白香山平易近人的社会观念，逐处要想救国救民，逐处要想在民众悠悠的冤枉路上开一条直径，要想在森严黑暗中放一道明光，要想解除人民的烦恼，要想促进人类的幸福。这些惨淡经营的苦心，都一一表现在他的作品里，不用说，想来大家都是知道的。不幸我们社会的警钟，民众的喉舌，一旦赍志殁了，那末，今后一切的痛苦生活，黑暗状态，辽阳的烟火，海上的风云，还有哪个来替我们悲愤的描写，代鸣不平，或者洒一掬同情之泪呢？所以，我们今天的追悼，形式上虽是一部分人的感情冲动，然而，实际上不啻是整个的四川和中国，乃至全世界的父老昆季诸姑姐妹们应有的悲哀。这样说来，我们追悼吴先生，意义更为浓厚，悲痛更为深沉了！

# 诗人之孙

民国纪元前一年，商务印书馆的《小说月报》，就在那时发行。不知在第几期上，看见了十首游戏诗，题名叫做《都门窑乐府》，不经意的一读，立刻就感觉到一种浓郁的趣味，于是读了又读，一直读到背得。

诗是那样的有味，当然要晓得作诗的是如何的人。但是题目之下，只简简单单印了三个字：王泽山。而于王泽山的身世来历，却无一点介绍。

事情不知过了好久，也实实记不起是什么人告诉我，使我忽然知道做《窑乐府》的王泽山，原来是四川的诗人，并且是名士，死了多年了。又忽然知道同学中有一个怪人王光祈正是这位诗人和名士的孙子。

绝不是王光祈亲口告诉我的，他这个怪人，在那时节，除了读书作诗谈女人，是不说别事的，何况是自己的正经身世！何况是值得夸耀的祖德！但我终于从旁人口中，知道得很明白：诗人毕竟不离诗人的本色，除了吟哦推敲，规矩是不治生产，名士自然更有其萧洒出尘，用钱如水的派头的，以此，到诗人死在北京时，家产是说不上，而遗世的只有诗集一部，儿子一名。

诗人之子王茂生，自然也免不了诗人气习，要是多活一些时，必也有一部诗集的。不幸死得太早，早到不及见他儿子——王光祈——的面。光祈是遗腹子，到底出世在他父亲死后两月？或三月？告诉我的人没有说清楚，我那时也没安排给他作行述，当然恍惚了。而记得清楚的，就只在他出世后，他的家产至多不过三四百两银子，而恒定的收入，仅仅温江县城外一个锅厂，每年可收二十几千文钱的租。寡母孤儿便靠了这菲薄的收入，以及叔伯一点帮助，以及老太太的一双手爪，居然过活了下来。

王光祈的学历，据说是如此的：自幼是他母亲亲自教读，一直到九岁，才进本地的私塾。在这时节，他的生活是很苦的，大凡后来那种"打得粗""吃得苦""跑得路""打落牙齿连血吞""咬紧牙巴不求人"的精神，就在这时节养成的。

他十二岁时，诗人有一个受业弟子赵尔巽，不知如何想起，忽由北方寄了一封很恳切的信给他老太太，主张他须得到成都来进学堂。所以他十三岁，才由四十里外的故乡，偕同一个乡人何学章到成都来，进了胡雨岚创办的第一小学堂。赵尔巽恰于是时调任四川总督，因为感报师恩，便命他每一周作文一篇交去，亲自给他改削，同时并给他报捐了一个同知前程。

第二年，是光绪三十四年，王光祈考进了当时比较有名的高等学堂分设中学堂的丙班，也与何学章一道。赵尔巽更于是时，于四十八家当商的罚款中，指拨银子一千两，交与东南门两个主脑当商存息，每年由王光祈使用息银四十余两。这一来，在宣统二年，他老太太方有了力量，给他讨了一位比他小一岁的妻子，而望他赶快生个孙儿。但是，王光祈的长子是宣统三年生的，数月中就殇了，辛亥年才又生了第二个儿子，一岁半不到，也因出痘夭殇了。于是诗人之泽，便自此而斩。

我们的怪人可爱处就在此，在辛亥事变以前，我们何曾晓得他与四川总督有什么关系！而他本人又何曾稍为改过他那土样儿！发辫老是拇指粗一条，靴子、鞋子要穿顶大的，长衫、短褂照规矩是襤襤襁襁的，与同学们向是那样冷冷落落，在自习室里读他喜欢读的书，读得摇头播脑，不读时，便撑起高眉骨，鼓起圆眼睛，看着空际，那是怪人在作诗了。

我是光绪三十四年秋季考入分设中学堂的丁班，宣统元年同几个丁班同学被提升到丙班。只管同怪人在一个自习室里，就因为讨厌他那冷僻的样子，一直不大同他说话。宣统三年的春季吧？记不起因何原故，忽然发现他会做诗。以如此一个冷僻的人，居然能做诗，这真令我诧异极了！但是也因此，我们才算有了交情，有了吃茶喝酒的交情，而后也才从上天下地，往古来今，谈到女人。他已经是一个女人的丈夫，又快要当父亲的人了，只管小我一岁，谈到女人，却不能不让他逞强，这是他最得意的事。

诗人毕生潦倒，是有例可循的，诗人之孙却无例可说是应该受穷。只管无例，而我们的怪人终于因了辛亥兵变，当商遭劫，而立刻赤贫了。

所谓怪人就在于此，有钱吃饭读书时，是那样的土样，那样的冷僻；依然只剩下一个锅厂时，反倒萧然了，同我争看《西清散记》，或是围着火盆打诗钟。

只有一个时候顶无聊了。这是民国二年，我们把五年的旧制中学住毕。眼睁睁看着别的同学，出省读书的，到高等学堂读书的，到社会上找着了事的，而怪人虽在一个无聊的报社里编稿子，但是只有一碗小菜饭吃，日暇无聊，便来找着我，少城公园茶铺里一坐，相对无言，连谈女人的兴趣都没有了。不久，报馆关门，他就挟起一个小包裹一径跑回了温江。

他是民国三年春末，同曾琦一道由泸县启程出川的。那时，他的母亲，他的次子，俱先后死了。我也正找有一个职业在泸县，并正在学填词。记得曾托他顺带几张小照去上海送魏嗣銮（时珍）、胡助（少襄）、周无（太玄）。他说："何不写几个字呢？"我一时骚性大发，便各填了一阕《丑奴儿》词，写在小照背后。事隔二十二年，《丑奴儿》词记不得了，只记得他们走后，我填了十几阕《浣溪沙》，有半阕是忆他们的，词曰：

> 一水惹情牵远浦，
> 万山将意渡平芜，
> 计行人已过巴渝。

王光祈毕竟是诗人之孙，他的旧诗，在朋侪中实是最有工力的。他由北京写寄给我几首过三峡律诗，做得真不错，可惜早已失去了！而他自到北京不久，也就大变，诗人之孙的气分就磨灭了。虽然如此，他的命运，终不外乎是诗人的命运，你们说啦！

# 追念刘士志先生

于今将近四十年了，然而每每和几位中学老同学相聚处时，还不免要追念到当时的监督——即今日之所谓校长——刘士志先生。

至今我记忆犹新的，还是和刘先生初次见面的那一幕。时为光绪三十四年，我刚由华阳中学戊班，为了一个同班学生受欺侮，不惜大骂了丁班一个姓盛的学生一顿，而受了监督陆绎之，教务冯剑平不公道的降学处分——即是将我由华阳中学降到华阳小学去——我愤然自行退学出来，到暑假中去投考四川高等学堂附属中学的丁班时，因了报名的太多，试场容不下，刘先生乃不能不在考试之前，作为一度甄别的面试，分批接见的那一幕。

刘先生是时不过三十多岁，个儿很矮小，看上去绝不会比我高大。身上一件黄葛布长衫，袖口不算太小，衣领也不太高，以当时的款式而论，不算老，也不算新。脑瓜子是圆的，脸蛋子也近乎圆，只下颏微尖。薄薄的嘴唇上，有十几二十茎看不十分清楚的虾米胡，眉骨突起，眉毛也并不浓密。脑顶上的头发，已渐渐在脱落。光看穿着和样子，那就不如华阳中学的监督与教务远矣！他们不但衣履华贵，而且气派也十足。刘先生，只能算一位刚刚进城的乡学究罢了！不过在第二瞥上，你就懂得刘先生之所以异乎凡众的地方，端在他那一双清明、正直以及严而不厉，威而不猛的眼光上。

其时，刘先生坐在一张铺有白布的长桌的横头，被接见的学生，一批一批的分坐两边。各人面前一张自己填写好的履历单子。刘先生依次取过履历单，先将他那逼人的眼光，把你注视一阵，然后或多或少问你几句话；要你投考哩，履历单子便收下，不哩，便退还你。有好些因为年龄大了点，被甄别掉了。有一位，好像是来见官府的乡绅，漂亮的春罗长衫，漂亮的铁线纱马褂不计外，捏在手上的，还有一副刚卸下的墨晶眼镜，还有一柄时兴的朝扇，松三把搭丝绦的发辫，不但梳得溜光，而且脑顶上还蓄有寸半长一道笔伸的流海。刘先生甚至连履历单子都不取阅，便和蔼的向他笑说：“老哥尽可去投考绅班法政学堂。”

这乡绅倒认真地说：“那面，我没有熟人。”

“我兄弟可以当介绍人的。”

就这样，在初试时，还是占了四个讲堂。到复试结果，丁班正取四十名，备取六名。就中年纪最大的，恐怕要数我了，是十七岁。其次如魏崇元（乾初）虽与我同岁，但月份较小。在榜上考取第一名，入学即提升到丙班，第二学期又升到乙班的李言蹼，或许比我大点。而顶年轻的如魏嗣銮（时珍）、谢盛钦、刘茂华、白敦庸、黄炳奎（幼甫，此人有数学天才，可惜早死。绰号叫老弟）、杨荫堃（樾林）等，则为十三岁。周焯（朗轩，民国元年后改名无，改字太玄而以字行）虽然块头大些，其实也只十三岁。如以籍贯而言，倒是近水楼台的华阳县籍，只有两个人，我之外，第二个为胡嘉铨（选之）；成都县籍仅一个人雍克元。

四川高等学堂附属中学，是光绪三十三年秋季开办的，第一任监督为徐子休（后来通称徐休老，又称霁园先生），招考的甲乙两班学生，大抵以成都、华阳两县籍居多，大抵又以当时一般名士绅以及游宦世族的子弟为不少，个个聪明华贵，风致翩翩。丙班学生是光绪三十四年春季招考的，刘先生已经当了监督，如以丁班学生为例，可以知道丙班学生也大抵外州县人居多，也大抵山野气要重些。刘先生对于甲、乙班学生的看法，起初的确不免怀有一种偏见——虽然他的儿子也在乙班肄业，总认为城市子弟难免近乎浮嚣，近乎油滑，所以每每训诫丙、丁班学生，一开头必曰："诸君来自田间……"

刘先生对待学生的态度，在高等学堂那方面，大概也无二致，就我们这方面言，的确是光明、公正、热忱、谨严。学生有一善可纪，一长足称，总是随时挂在口上。大概顶喜欢的还是踏实而拙于言词的学生。至今我们犹然记得刘先生常常嗟叹说："丙班之萧云，丁班之胡助（少襄，是时也才十三岁），吾深佩服！……"（胡助后在陆绎之代理监督时，不知为了一件什么小事，因要拿几个学生来示威，遂没缘没故的同别的五个学生，一齐被悬牌斥退。大家都知道胡助是着了冤枉的好人，陆绎之之所以未能蝉联下去，大概于这件错误的处分上，也略有关系，因为学生们太不服了。）但是一般桀骜不驯，动辄犯规的学生，刘先生也一样的喜欢。这里，我且举几个例。

先说我自己。我是刘先生认为浮嚣、油滑的城市子弟之一，而且又知道我是一个不大安分，曾被华阳中学处分过的学生，

（大概是陆绎之告知的。那时，陆正任丁班的经学教习——教《左传》，虽然是寻行数墨的教法，但对于今古地域的印证，却有见地。）于头一次上讲堂时，就望见了我，并立刻走到我的座位前，察看我的名字。我曾大不恭敬的回说："还是这个名字，并没有改。"而且后来在斥退胡助的那事件时，他到丙班讲堂训话，头一名就点着我，大言曰："这一回可没有你在罢？"后来，尚起过两度纠纷，不在题内，可不必博引它了。平常到夜间巡视自习室，在我书案前勾留的时间，必较多些，问这样，问那样，还要翻翻抄本，查询一下所看的书，整整一学期，都如此。大概后来看见我被记的小过多了，从记过的行为上，看出了我并不怎么坏罢，方对我起了好感。直到有一次，因我和张新治（春如）开玩笑，互相发散四六文传单，彼此讥骂。而我用的是自己发明的复写纸，发得多些，因才被监学无意间查获了两张；正遇刘先生照例在空坝上公开教训学生时，他立即告发前去。于是把洪垂庸（秉忠）和人骂架的案子一结，立刻就点到李家祥这一案。

李家祥的过失太大，当然从头教训到脚，从小演说到大，其后论到本题："看语气，自然是在对骂。那吗，张新治也不对，张新治呢？站过来！"

张新治站过来了。一件蓝洋布长衫，满是油渍墨渍，而且从腰到衩三个纽扣，都宣告脱离。刘先生于是话头一转，从衣冠不整，则学不固，一直发挥到名士乃无用之物。然后才徐徐问到正案。张新治是绝口否认他也发过传单。取证到我时，且故意说："两个人共犯，处分要轻些的。"但我却决意不牵引张新治在内，并且慨乎其言的顶回去道："都是我一个人做的，我不要人分过。请你处分我一个人好了。"

刘先生微笑了笑："那没别的说头，记两大过。"

教务在旁边说："李家祥，我记得已记了十一个小过，倘再记二大过，就应该斥退的。"

刘先生不假思索的道："那吗，暂时记一大过、五小过再说。"大过、小过的确记了。但刘先生从此就不再把李家祥当作一个浮嚣而油滑的城市子弟。

其次一件案子，在当时，实算学堂内政上一件大事，若交任何监督来办——自然更不要说陆绎之——当然无二无疑的挂牌斥退。而且风闻其他学堂，的确是照这样办法办的。

事情是两个年轻学生，不知利害的犯了一件小孩子处在一处时，所难免的不好行为。不知怎样，忽然被丙班三个学生义愤填胸的认为太不道德，太有关风化了；并认为刘先生不声不响的处理为不当，于是挺身而出，扛着一面无形的正义大旗，攻向监督室里，坚决要求，虽不肆诸市朝，亦应明白逐出学宫，与众弃之。否则，人欲横流，国家兴亡都似乎有点那个。

无形的正义大旗一举，不但那两个将被作为祭旗的牺牲骇得打抖，便是我们一般并非讲仁义说道德的学生，想到刘先生之嫉恶如仇，之行端表正，之烈火般的脾气，究不知将因这面旗子的不可抗拒的影响而暴发出来的，是怎样的一种可怕动作。然而才真正的不然，在星期六的夜间，经刘先生出乎意外的，心平气和而且极尽情理的一解释，这旗子似乎就有点飘摇起来。刘先生谈话的大意是：小孩子不知道利害的胡涂行为，应该予以教训，使其明白这不是好的，并且有损于他们自己，但先要保存他们的耻，然后他们才能革。所以我们只能不动声色，慢慢指教，而绝不应该大鼓大擂，闹到人人皆晓，个个皆知。这样，他们一时的过失，岂不因为我们的不慎，而成为终身之玷，而弄到不能在社会上出头！不但损及他们的家庭声誉，甚而还可损及他们的子孙，这关系难道还小了吗？有许多人都是因了一点不要紧的小过，即因被多数的好人火上加油，弄到犯过者虽欲悔改而不能，因就被社会所指责，懦弱的只好终身受气，强梁的便逼上了梁山。这还说是真正犯了过的。至于某某两人的过失，尚未如你们所说的之甚，不过行为之间，有其可疑之点而已。我们从种种方面着想，只能好好的指教之，连挂牌记过都说不上，何能即便指实，从而渲染，将人置于不可复生的死地呢？

这种极近情理的话，已将大多数学生的见解转移了。但那扛着无形的正义大旗的三位，却还顽强的不肯折服。不过来时是气势汹汹的攻势，去时只能持着一张大盾来作守势。而这大盾，便是人生的道德，学堂的规则，与夫学生"大众"的舆论。

刘先生本来可以不再理会这三个道学者，但是他一定要说服他们，他不愿意随便利用他当监督的否决权，虽然那时候还没有"德谟克拉西"的"意得约诺纪"，而刘先生又是著名的性情暴躁的正派人，曾经用下流话破口骂过徐子休，同时还拿茶碗掷过他。因此，到次日星期日的夜间，众学生都回到学堂之后，（当时的附属中学，并无走读制。甲乙两班学生，全住宿在本学堂，丙丁两班则住在隔一垛墙和隔一道穿堂的高等学堂——即从前王壬秋当过山长的尊经书院的原址——的北斋。借此，我再将我们那时所住的中学生活，略说一说。那时，我们每学期缴纳学费五元，食宿杂费二十元，我们每学年有学堂发给的蓝洋布长衫两件，青毛布对襟小袖马褂两件，铜纽扣，铜领章——甲乙两班在前一年发的，还是青宁绸作的哩——漂白洋布单操衣裤两身，墨青布夹操衣裤一身，长鞴密纳帮的皮底青布靴两双——甲乙两班在上年还有青绒靴一双——平顶硬边草帽一顶，青绒遮阳帽一顶。寝室规定每间住四人至六人，每人有白木干净床一间，并无臭虫、虱子，白麻布蚊帐一顶，有铺床的新稻草和草垫，有铺在草垫上的白布卧单，有新式的白布枕头。每一寝室有衣柜一具至二具——别有储藏室，以搁箱笼等。有银样的菜油锡灯盏一只，每天由小工打抹干净后，上足菜油。每处寝室，有人工自来水盥洗所，冷热水全备，连脸盆都是学堂供给的。讲堂上不用说，每到寒天，照例是有四具红火烈烈的大火盆。自习室到寒天也一样，不过只有一盆火。自然，每人一张书桌，但是看情形说话，如其你书籍堆得多，多安两张也可以。每桌有银样的菜油锡灯盏一只，有一个小工专司收灯、擦灯、放灯、上油。每人每学期有大小字毛笔若干支，抄本二十五本，用完还可补领；各科教科书全份。至于中西文书籍，可以开条子到高等学堂的藏书楼去借。一言蔽之，每学期二十元，除食之外——至于食，后面再补叙——还包括了这些。所以起居服饰，求得了整齐划一，而又并不每样都要学生出钱，或自备。故无苛扰，亦无有意的但求形式一致，而实际则在排斥贫寒有志的学生。因此，学堂也才办到全体住堂，而学生并不感觉像住监狱的制度。管理是严厉的，早晨依时起床点名，盥漱后不能再入寝室；晚间，摇铃下了自习后，才准鱼贯而入寝室。灭灯之后，强迫睡眠。星期日薄暮回堂，迟则记过，也是严厉执行着的。记得那位秦稽查，人虽和蔼，但是对于学生名牌，却一点也不苟且，也一点不通融。）刘先生又叫小工将三位招呼到教务室，重为开导。这一次，刘先生却说得有点冒火了，大声武气的吵了一阵之后，忽然向着三人作了一个大揖道："敬维颛敬先生，梁元星梁先生，蒙尔远（文通）蒙先生，三先生者，维持风化之先生也。如其他们家庭责问到学堂，我兄弟实无词以答，这只好请烦三先生代兄弟办理好了！……"

这一来，三先生的旗、盾才一齐倒下了。两个可怜虫并未作牺牲，而三先生也大得刘先生的称许。

此外还有一件极小的事件，也可看出刘先生的通达、机敏，和处理有方。

刘先生性情直率，喜怒爱恶，差不多毫无隐饰的摆在面上，待学生们如此，对教习们也如此。当时，学堂里有位英语的教习顾祖仁，不知道是国外什么地方的华侨侨生，年纪只二十多岁，长于西洋音乐，大概回国不久，除流利的英语外，说不上几句国语，至于中国文字，自然更属有限。这与另一位英语教习比起来，那自然有天渊之别了。所谓另一位英语教习者，杨庶堪（沧白）是也。杨先生是巴县秀才，中文成了家，而英文哩，据说是无师自通，文法很好，发音却有些古怪。（杨先生曾在丙班上大发牢骚说，甲班学生毁他连英文"水"字的音都发错了。当时，不知道是我的听觉不行吗，如是我闻，杨先生念了十几遍"水"字的英文音，的确不见得怎么对。）刘先生之与他，不但声气相投，而且在那时节，成都学界中加入同盟会肯于革命的，除了高等学堂少数学生外，（如张真如，萧仲伦，和已故的祝圮怀，刘公度都是。）在成都的教习班子里，恐怕只有刘、杨二先生了。因再加此同志关系，刘先生之对于杨先生，较之对于顾祖仁，那自然两样。所以若干次在甲乙班二个讲堂之间的教习休息室中，我们常常看见杨先生含着一支纸烟，吹得云雾腾腾的在说话，刘先生则老是亲切而诚恳的坐在对面，讲这样讲那样。如其顾祖仁穿着一身笔挺的西服走来，刘先生只管同样起身延坐，但是谈起话来，口吻间却终于抹不了一种轻蔑的意思，老是问着："你不怕冷吗？""你不感觉冷吗？"这，绝不因为刘先生守旧，瞧不起西装。因为杨先生不也穿的是一双大英皮鞋吗？只管是中式棉裤，而裤管还是用丝带扎着的。我们心里明白，刘先生只管在讲革命、维新，毕竟他是下过科场，中过举人，又长于中国史学，先天中就对于中文没有根底，而过分洋化了的人，总有点瞧不上眼。这是四十年前的风气，虽进步的刘先生到底也不能免焉。

刘先生不许学生抽纸烟，（这倒是几十年来中外一律的中学校的禁例，却也是许多中学生永远要干犯的。）每每当众说："我闻着烟子就头痛。"但我们在背后辄反唇相讥："那只有杨沧白口里吹出的烟子，闻了才不头痛。"本来，他两位先生个儿都一样的矮小，不说心性志趣如彼的相投合，即以形体而论，也太感得一个半斤，一个恰恰八两。因此，一个丙班的不免过于混沌一点的学生王稽亚，有一夜，在北斋寝室中，偶然说到刘先生之不讨厌杨先生吹出的烟子时，他才忽然提高了调门，忘乎其形的说了两句怪话。妙在适为刘先生巡查寝室，在窗子外听见了。我们整个北斋的学生，于是都如雷贯耳的，听见刘先生狮子般的声音在大吼："王稽亚！……你胡说些啥！……明天出来，跟我跪在这里！"

我们当时都震惊了。但是一直到明晚灭灯安睡，并无什么事件发生。王稽亚虽是栗栗了一整天，却没有下过跪。其后我们把刘先生这一次的举动来研究，方深深感到刘先生之为通品。

其一，王稽亚原本是个浑小子，刘先生平日便曾与之开过玩笑。有一次，王稽亚为了失落一支铅笔，去告诉监学，事为刘先生所闻，不由大声笑道："连一支铅笔都守不住，你还要稽持亚洲？算了罢！"

其二，浑小子说浑话，任你如何批评，只能判他个"小儿家口没遮拦"。倘若真要认为存心毁谤，目无师长，甚至存一个此风不可长，而严办起来，照规矩讲，何尝不可。但是这不免官场化了，示威则可，而欲令学生心服，则未也。

其三，只管是没遮拦的浑话，毕竟难听，况又亲自在窗外听见。于时，尚未灭灯，寝室外面，来往尚众，如其假作不闻，悄然而逝，岂但师长的身份下不去，即巡视寝室的意义，又何在焉。

其四，像这样的浑小子，放口胡说，若不立刻予以纠正，则将来定还有不堪入耳之言。苟再包容，则为姑息；若给予惩罚，那又近乎授刀使杀然后绳之以法了。

从这四点着想，我们乃大为折服刘先生之处理，不惟坦白，抑且机敏。学生是信口开合，先生则虚声恫骇，结而不结，牛鼻绳始终牵在手里。看似容易，但是没有素养的人，每每就会从这些不相干的小事上，弄成了不可收拾的大故。因此，我常以单是有才，或单是有德的先生们，为经师或有余，为人师便嫌不足。这其间大有道理，从刘先生的小动作上看去，思过半矣。

据我上段所说，刘先生之于管教学生，好像动静咸宜，无疵可举，是醇乎其醇的一位最理想的中学校长了。我敢于全称肯定的说：是的。而且我还可以再来一个全称否定说，自我身受中学教育以来，四十年间，为我所目击的中学校长中，能够像刘士志先生之为人的，确乎没有。这样说来，刘先生一定是超人了。其实又不然，刘先生仍然是寻常人中可能找得出的。他之对待学生，只不过公正、坦白、不存成见，同时又能通达人情而已。他的方法是，不摆师长的官架子，不在形式上要求学生的一切都适合于章程规则，更不打算啰啰唆唆的求全责备将学生造成一种乡愿。但他也绝不怎样过分的把学生当着亲密的子弟，从而姑息之，利用之，以冀强强勉勉灌输一些什么主义，什么学说，而结为将来以张声势的党徒，或竟作为争取什么的工具。不，不，刘先生从来没有这样着想过。他看学生，只不过是一种璞，而且每个璞，各有其品德，各有其形式；他是手执琢具的工师，他要把每个璞，琢之成器。但是，他理想中具储的模型极丰富，有圭，有玦，有环，有珊瑚，有楮叶，甚至有棘端的猴。因此，他才能默默的运用其心技，度量材料，将就材料，而未致像许多拙匠，老是本着师傅授予的一套本领，不管材料的千形百状，而模型只一个，只好拿着材料来迁就模型了。我们由古代的说法，刘先生之教育，只是因材施教四个大字。由现代的说法，他不过能契合于教育原则，尤其多懂得一些心理学而已。所以我说刘先生绝非超人也。

刘先生在差不多的两年监督任内，还有三件比较大的事情，值得我们的纪念。

第一件，是把四川高等学堂附属中学的招牌，改为四川高等学堂分设中学。

附属与分设这两个名词，从表面上看，好像分别并不甚大。但是按之实际，则大大不然。附属中学，好似高等学堂的预科，五年修业期满，可以不再经考试，直接升入高等学堂的正科一类或二类（即后来所称的文本科理本科）。平时，中学的教习，由高等学堂的教习兼任，即不得已而必须为中学专聘的教习，如每班的国文教习、英文教习等，也由高等学堂监督下聘，也由高等学堂开支。其他如中学的行政费用，学生食宿书籍等一切费用，也全由高等学堂监督下聘的庶务办理。中学监督，也由高等学堂监督或在教习中聘兼，或者向学堂外另聘。虽然也名监督，其实等于后世各大学所设的预科或附中的主任。而且因为经费不划分，监督不能聘请教习和辞退教习，在实际上，还抵不住一个主任。刘先生本是高等学堂史学教习，由当时的高等学堂监督胡雨岚聘请兼任中学督监。在胡雨岚未死时，因为尊重刘先生之为人，中学这方面的用人行政，自然由刘先生全权作主，即一般高等学堂那边的同事，也能为了胡雨岚敬信之故，而处处与刘先生以便利。但是中国的事情，每每因人而变。及至高等学堂监督换了人后，虽然并不存心和刘先生为难，倒也同样的尊重，同样的敬信。或许由于才能差了一点罢，于是一般勉强能与刘先生合作的高等学堂的同事，尤其管银钱和管庶务的，便渐渐有意无意的自行划起界限来了。这中间一定还有许多文章，还有许多曲曲折折的花头，只是刘先生自己不说，我们也不知道。不过在宣统二年夏，刘先生病故北京，我们为之开追悼会时，高等学堂好些学生送的挽联，却曾透露过为刘先生抱不平的话。可惜记性太差，只记得一只上联，是什么"世人皆欲杀，我知先生必先死"，连送挽联的人名都忘了。

因为如此，所以在宣统元年秋季运动会——距胡雨岚之死大概一年罢——之后，刘先生才借了下文就要说的几件事情，不知道努了多少力，费过多少唇舌，才争到了将附属中学从高等学堂那面，把经费和行政划了一部分出来，成为一种半独立的中学，而改名为四川高等学堂分设中学。我们当时都很高兴，并不以损失了直升高等学堂正科的权益为憾。

后来，我们感到不足的，就是分设中学的地址太窄小了，仅有四个讲堂，十几间自习室，甲乙两班的寝室已很够挤，所以才把丙丁两班的寝室，挤到了高等学堂的北斋。本身没有操场，没有图书馆。后来因为修了一间阶梯式的礼化大教室，连食堂都挤到前面过厅上了。因之，才仅仅办了四班。彼时中学是五年制，不分高初中，而且春秋两季开班。如其在徐子休开办时有永久的计画，那就应该划出地段，准备分期建修十个讲堂，和其余足用的房舍。当时在石牛寺那一带，荒地很多，购置划拨，都不困难，何况左侧的梓潼宫相当大，很可以利用。我们不知道最初的计画如何，只是后来并无扩充的迹象，以致丁班之后，不能再招新班；而且待到民国纪元时，甲乙两班毕业后，高等学堂监督周紫庭竟独行独断，宣布分设学堂停办——此即由于当初只争到半独立，而后任监督都永和又完全以周紫庭之属员自恃，不但还原了附属性质，而且还进一步办成功高等学堂的枝指——而以纹银八百两的贴补费，将丙丁两班移到成都府中学，合在新甲、新乙两班去毕业——当光绪年间，开办学堂，多以天干数以定班次，于是甲乙丙丁戊己之下，庚班就不容开了。此缘"庚班"与"跟班"之声同。跟班者，奴才也。大家觉得不雅听，因从庚班起，改为新甲新乙。其后，还是不方便，才改订了以数目字来排列。但是，我想，将来还是要改的——因此，分设中学，便成绝响。但我相信，倘若刘先生不在改换名称之后，急急离去，或者不在宣统二年病故，而能回任，分设中学说不定可能继续办下来的。不过，也难说。以刘先生的性情和为人，又加以是老同盟会员之故，像从民国元年以来的世变，他那能应付！分设中学纵然形式上存留下来，其精神苟非甲乙丙丁四班时的原样，那又何足贵焉！倒不如像现在这样的"绝子绝孙"，还可以令我们回忆得津津有味，这或者不是李家祥一人的私见罢？

第二件，可以说就是促成第一件的直接原因之一。时为清宣统元年秋季，成都全体学堂——也有外州府县的学堂远远开来参加的，如自流井王氏私立的树人中学，即是一例——在南校场举办了一次运动大会。我们学堂排定的节目，有甲乙两班的枪操。甲乙两班枪操了一学期，所用的旧废的徒具形式的九子枪，自然是高等学堂备有的。而高等学堂的学生，也有枪操节目。这一来，自然就与平日轮流使用不同，非设法再增添八九十支真正的废枪不可了。

我们是附属的学堂，事务上平日既没有分家，那吗，枪之够与不够，自然是高等学堂办事人的事情，也是他们的责任。大约事前，刘先生也的确向那面办事人提说过，或商量过的，因此，在运动会开幕的头二天，刘先生才很生气的告诉甲乙两班学生说："今天你们下了操后，就顺便把枪带回来，放在各人寝室里。"

我们立刻就感觉这其间必有文章做了。果不其然，高等学堂的办事人遂一而再、再而三的前来要枪。起初还声势汹汹的怪甲乙两班学生不该擅动公用器物，刘先生老是笑嘻嘻的回答道："只怪你们办事不力，为什么不早预备，我的学生们聪明，会见机而作。……至于你们那面够不够，有不有，那是你们的事，我不管。"

后来，演变到高等学堂的百数十个学生，被一般不满意刘先生的办事人鼓动起来，集体的侵入到我们学堂的食堂上，非有了枪，不肯走。刘先生一面叫甲乙两班学生将寝室门锁了，各自走开，不要理会；一面便亲自到高等学堂，找着那般办事人，很不客气的责备了一番。结果，还是高等学堂自己赶快去借不够用的枪支，而索枪的集团也静静的只坐了一会便散走了。但是，到运动会举行那天，专为他们高等学堂学生备办了午点，而我们没有。这虽是无聊的报复，却显然给了刘先生一个争取改换招牌的借口，而我们本无成见的学生也愤愤了。

第三件，这不仅是我们中学史上的一件大事，抑且是四川教育史上一件大事，再推广点说，也是清朝末季四川政学冲突史上一件大事。如其我不嫌离题太远，而将那一天的情形，以及事后官场所散布的种种谣言，仔仔细细写出一篇记实东西来时，人们必不会相信这是三十八年前的陈迹，人们必会爽然于近两年各地所有的军学冲突，政学冲突，警学冲突的流血事件，原都是三十八年前的翻版文章，不但不算新奇，而且今日政府通讯社和政府报纸所报道所评论的口吻和手法，也不比三十八年前的官告和告示有好多差异。但是我不愿这样做，仅欲赤诚的建议于今日一般有志作"官方代言人"的朋友：近百年史可以不读，但近三四十年的官书却不可不熟，为的是题目一到手，你们准可振笔直抄，一切启承转合，全有，用不着再构思，甚至连调门都不必掉易。你们的主人还不是二四十年前的主人。只不过以前老实点，称为民之父母，今日谦逊点，称为民之公仆而已。

宣统元年秋季运动会，本系成都学界发起，参加者限于文学堂，连当时堂堂的陆军小学也未参加。但是，临到开幕，忽有巡警教练所的一队大汉，却入了场，报了名。一般主办会事的人觉得不妥，即与教练所提调某官交涉，最好是请他的队伍自行退场，不要参加各种竞赛，以免引起学生们的误会，纵不然，即照幼孩工厂的办法，单独表演一番而去，作为助兴之举。后来，据说那提调本答应了的，不知如何又拒绝了。他的解释，巡警教练所也是学堂性质，如遭拒绝，不许加入学界，那是学界人员存心瞧不起巡警，也就是存心轻视宪办新政。大概正在一面交涉，会场里的竞赛业经举行，教练所的选手便不由分说的参加了几项。我那时充当了一名小家长，正领了一队选手，去作杠架竞赛、木马竞赛，而场子里忽然羼进一伙彪形大汉，运动衣上并无学生标记，也无旗手领队，大家遂吵了起来："我们不能同警察兵比赛！"一声嗯哨，正在盘杠子的，正在跳木马的，便都中途收手，各各结队而散，声言："羞与为伍！"（这一点，我不能讳言，的确是学生们的不对，门户之念太深了。但也可以考见学生之与警察，实是从开始有了这两个名称起，就像是不能同在一个器内的薰莸。倘若探究其渊源，自不足怪，不过却是别一个题目的文章。）

及至我回到我们的学堂驻地时，又亲眼看见场内正在举行障碍竞走。十几个少弱的学生们中间，也有两个彪形大汉。飞跑的时候很行，但一到障碍跟前，就糟糕了。我们正在笑他们像牛一样的笨，却绝料不到他们两个中间的一个，竟举起钵大拳头，朝一个学生的背上擂了起来。被擂的学生好像不觉得，反而被他的腕力一下就送过障碍，抢到前面。倒是我们旁观者全都大喊起来，申斥那出手打人的大汉“野蛮！野蛮”！随后，不到五分钟，会场的油印报纸，便将这不幸的消息送达全场。在场子四周的学生驻地上，业已发现了不安的情绪。此刻，在官府的看台前（即后世所谓司令台），正由四个藏文学堂的学生，戴着面罩，穿着胸甲，各人手上执着一柄上了刺刀的枪，在作日本式的劈刺。我们亲眼看见成都府中学堂——时任监督的为林思进（山腴）——学生驻地内，跑出十几二十来个学生，吵吵闹闹的直向巡警教练所驻地上奔去。我们只听见断断续续的人声：“去质问他们！……为啥打我们的人！……”

一转瞬间，委实是一转瞬间，距离我们的驻地三四十丈远的教练所队伍处，我亲眼望见有三四个大汉站在一张大方桌上，每人手中持着一柄上了刺刀的枪，向着跑过去的人群，一连猛刺了几下。立刻，人群像水样的倒流回来，立刻呼叫声像潮样的涌起。立刻，被戳倒的几个学生，血淋淋的被搀了几步，又默默的横倒在草地上，而杀伤了人的巡警也立刻集合起来，等不到排队报数，便匆匆的开拔出场，走了。

事情来得太快，也出得太意外。及至大家麻木的情绪一回复，乱嘈嘈的正待提起空枪去追赶巡警时，整个运动场已像出了窝的蜂子。各学堂的管理人都各自奔回驻地，极力阻拦学生，叫镇静，叫维持着秩序，叫大家继续运动，个个都在拍着胸膛，担保有善后办法。同时，四川总督赵尔巽也带着一大批文武官员，由看台上退下，而他那一队精壮的湖南亲兵，也个个挺着精良武器，摆着一副不惜为主子拼命的凶恶面目，在他身边结了一个方阵。

当夜，几乎是成都全学界的负责人，不约而同的集合在石牛寺教育会里，商讨如何办法。大家都要看素负重望的会长徐子休是持的什么态度。后来，据闻，徐会长主张退让，认为学界力量决不是官场对手，假如一定要扩大行动，惹出了什么更大的乱子，那他断不能负责的。又据闻，即由于徐会长的态度软弱，大家很是惶恐，幸得刘士志先生、杨沧白先生，作了一场激烈的争执，然后才议决，各学堂自即日起，一律罢课，但须学生自行约束，不得在外生事；一面推举代表，禀见赵尔巽，要求严办出手巡警和教练所提调；一面将轻重伤学生送到四圣祠外国医院，希望取得外国医生证书，准备向北京大理院去控告；一面请求上海各报在成都的访员，用洋文电报把今天消息拍到上海去登报。又据闻，徐会长因为扑灭不了众人这股火似的热情，而又认为刘、杨二人这种言行，将来必免不了招出大祸，连累到教育会的负责人，于是，他当夜就向众人辞去会长名义，洁身而退，以冷眼来等待刘、杨诸人的失败。

　　禀见赵尔巽的代表当中，自然有刘士志先生、杨沧白先生。大家自可想象得到，那时交涉之困难，岂与今殊？我们曾经看见刘先生在那十几天里，脸色是非常沉郁，而态度，却每到南院**（俗称总督衙门的名词，即今四川督政府所在地）**去过一次，就越是激越一点。同时谣言也流播出来：说那天的运动会里，有革命党在场鼓动煽惑，大有乘机刺杀四川全省官吏，因而有起事造反的趋向，希望大家不要受蒙蔽才好！或曰：巡警教练所的队伍之临时开来参加，是巡警道某某奉了总督密谕施行的。因为总督早得密告，说学生中有不少的乱党在内，深恐无知学子受其摇惑，在运动时难免轻举妄动，自干罪戾，特谕巡警参加，意在一面监视，一面保护。不料果然出了事，可见总督大人是有先见之明的；或曰：学界代表中就有不安本分，惟恐天下不乱的乱党，他们不惜鼓动学生，将无作有，而且每对总督大人说话，很不恭顺，其目无长上之态，随便什么人看见，都觉得不是真正读书守礼的君子。这样的分子，倘再容留他们去教导学生，岂特非国家之福，抑且是四川学界之耻。总督大人已经有话传出了，倘大家再不知趣的安静下来，还要作什么无理要求，那吗，多多少少总要严办几个人，才能把这场风潮压得下去的。

　　不消说，这些流言，都是有所指，而谁也明白指的是什么人。事实上，赵尔巽的态度，的确很横，他根本就不承认学生是巡警用刺刀戳伤的。他说，巡警向有纪律，不奉谕，是不敢妄动的。又说，四川学风，向来就太嚣张，这都由于办学诸君，没有忠君爱国宗旨，所以养成。又说，所贵乎为人师长者，就是要能管束学生，使其循规蹈矩，像这样动辄罢课要挟，可见心目中早无本部堂矣。又说，诸君之意，学生全无过失，过皆在官厅，此乱党之言也，诸君何能出诸口端？又说，诸君不论事之真伪，只是处处为学生说话，只是处处责备官厅，岂非诸君真欲附和奸人作乱耶？赵尔巽如此的横蛮，所以消息也就越坏，绅界中、学界中稍为胆小一点的，遂都消极起来，取了教育会徐前会长的明哲保身的态度。而一直不肯退让，一直迈往直前，一直不受谣言威胁的，已是很少数，而刘、杨两先生则为之中坚。后来得力于廖学章先生，从外国医生那里，取得了负责签名的证明书，证明受伤学生委系被刺刀戳伤，而并非如官厅之所倡言，是学生自己以小刀劙的轻伤。而后，赵尔巽才因了害怕外国人的张扬和批评，遂让了步，答应惩办凶手，撤换提调，切谕巡警道从严管束警察，不许再向学界生事。对于抚慰学生一层，坚执不许，认为过损官厅尊严，不免助长学生的骄风。

这事之后，刘先生虽隐然成为学界的柱石，但是却躲不过"秀出于林，风必摧之"的定律。官厅对于他，自然是侧目以视，一方面也怀疑他当真是乱党的头子；即同是学界里的同事们，也嫌他锋棱太甚，不但骂人不留余地，而且在许多事上还鲠直得像一条棒，不通商量。大约定有许多使刘先生不堪再容忍的事罢，所以当他把我们学堂的招牌力争更换之后，不久，已是再两个月就要放寒假的时候，我们忽然听闻刘先生已应了京师大学的史学教习的聘，很快的就要离开我们，到北京去啦。

我们那时不知道刘先生之所以不得不走的内情；我们那时都还是不通世故，不知情伪的孩子，也想不到要去探求那中间的曲折原因，以便设法解除。我们那时只是莫名其妙的感到一种很不快的心情；我们那时只是凭着我们直率的孩子举动，自动的，一批一批的，去挽留刘先生，希望他不走。而留得最诚恳的，反是甲乙两班学生，反是平日受训斥最多的学生，反是一般为管理人所最头痛，认为是桀骜不驯的学生。而刘先生哩，只是安慰我们，叫我们好好的遵守学堂的规则，好好的读书操学问，将来到社会上去，好好的作一个有用的人，却绝口不言他为什么非走不可的理由。仅仅说，住一二年就回来的，本学期暂请陆绎之先生代理监督职务，陆先生是他佩服的朋友，学问人品都高，叫我们好好的听管教。我们那时也真没有想到像后世办法，举行一个什么欢送会，大家在会场上说些违背良心的话，或发点牢骚之类，热闹热闹。

刘先生一直到走，差不多在两年的监督任内，并没有挂牌斥退过学生——自行退学的当然有——他的理论是，人性本恶，而教师之责，就在如何使其去恶迁善。如你认他果恶，而又不能教之善，是教师之过，而不能诿过于他。况乎学堂本为教善之地，学堂不能容他，更叫他到何处去受教？再如他本不恶，因到学堂而习染为恶，其过更在教者。没有良心，理应碰头自责，以谢他之父兄，更何能诬为害马，以斥退了之？

刘先生又常能"观过知人"（按《论语》本为知仁，朱晦庵解为仁义之仁。我以为与殷有三仁之仁，和"井有仁焉"同解，即仁者人也。古字多通用，不若直写作人字为便）。他的理论，以为干犯学规的青年学生，正如泛驾之马，其所以泛驾，盖由精力超群。苟能羁勒有道，必致千里。故对青年学生之动辄犯规，他并不视为稀奇，他只处处提醒你，不要你重犯，不许你故犯。他希望你勉循规矩，出于自觉，而讨厌的是面从心违，尤其讨厌的是谬为恭顺，和假弸老成。

因此，刘先生才每每于相当时候，必将一般顽劣学生叫到身边，切实告以为人之道之后，必蔼然曰："凡人未违于道之先，孰能无过？要在自己知道是过，自己能改。圣人之过，如日月之食，其过也人皆见之，其改也人稍仰之。我望你们在这一端上，人人学圣人。"于是凡记了过的，都在这一篇训诰之下，宣告取消，而大家也知道下次是不容再犯了。所以，在刘先生当监督的任内，我们学堂的学风，敢说是良好的，没有故意与管理人为过难，没有轰走过教习，没有聚众向监督开过玩笑。但是在刘先生去后的两年之内，则不然了。平日最善良的学生，也会刁顽起来，平日凡是不在乎的学生，那更满不在乎了。第一坏在陆绎之之固执成见，以为管教之道，在乎严厉，严厉之方，又在乎立威示范。于是在他代理之初，便因一点小过失，斥退了六个学生，胡助便是其一。因为罚不当罪，反为学生所轻视；又因是非不明，便是纯谨的学生也不能不学狡猾了。然而陆先生毕竟还是正派人，还懂得一些办学道理，也还骨鲠无私。及至宣统二年，都永和来接任之后，才完成了把我们良好的学风彻底破坏到踪影全无。由今思之，丝毫不解办学为何如事的都永和，何以会为周紫庭赏识，而聘为我们学堂的监督？或者以都永和之为人，颇像一个佐杂小吏，而能善于巴结上司乎？总之，都永和不但把分设中学弄得一团糟，而且还把分设中学的生命必诚必敬的送了终。

这里，我只好谈一件很小的事为证。当我们要给刘先生开追悼会时，都永和不准我们在学堂里办，说是于体制不合——他之动辄闹京腔，打官话，引用些不通的文句，以见笑于学生的事，几个插班学生如曾琦（慕韩），如涂传爵，都是在刘先生时代来插入丙班的，所以他们尚知道刘先生的一鳞一爪；如郭开真（沫若），如张其济（泽安），则都是都永和时代来插入丙班的，已经不知道刘先生——都可证实。而且定还记得他那喇嘛绰号之由来——要我们到隔壁梓橦宫去办。他起初态度很顽强，还训斥我们为不知礼。继后，我们请了全堂教习去与之理论（陆绎之先生竟自开口骂起他来），他才像打败的牛一样，屈服了。但临到行礼时，都永和又妄作主张，只须向灵位三揖，而免去跪拜。他的理由是，以功名而论，刘先生是举人，他是廪生，相去只有一间；以地位而论，刘先生是卸任监督，他是现任监督，似乎还高一篾片；以礼制论，已有上谕免去跪拜，而三揖已为敬礼。陆绎之先生很生气的道："各行其是吧！"遂迈步上前，行了三跪九叩首的大礼。一般教习先生，都毫无顾忌的效了陆先生的作法。都永和也贯彻了他的主张，作了三揖，只是把他所聘任的两个监学难坏了。两个都是惯写别字的老秀才（可惜张森楷（石亲）先生早死了，不然，他很可以告诉你们，他曾亲眼看见这两个秀才在监学室里，要写一张条子，叫泥工修葺房屋，写到"葺"字，两人商量了一会，还是写成"茸"字）站在旁边，不知何从。我亲眼看见他两个交头接耳一会之后，也不跪拜，也不作揖，乘人不备，一溜而走，自以不得罪活人为智。

像如此的监督，如此的管理人，以之为刘先生之继，诚然害了学堂，害了学生，却也害了都永和本人。"人之患在好为人师"，不其然欤？

刘先生的私生活，也值得一述。他当我们中学监督时，并未将家眷携来，身边仅随侍着一个儿子，即在乙班读书的刘尔纯。监督室恰在学堂中部两间形同过厅的房内，一间是卧房，又是书斋，一间是客室，也是召集学生说话之所。刘先生在学堂的时候极多，遇有公事出门，也照例坐轿。他是举人，有顶戴的，但我们从未看见他穿过公服，只有一件青缎马褂。平常的衣履，并不华丽，但也不像名士派之不修边幅，大抵朴素、整洁，款式不入时，也不故作古老。在学堂时，除了自己读书和教课外，教务、监学办事室和教习休息室二处，是常到的。巡视讲堂，巡视自习室，巡视寝室，没有一定的时间。学生有疾病，随时都在问询医药。厨房厕所必求清洁，但不考求与当时生活条件过于凿枘的卫生。他不另自开饭，（这是当时各学堂所无。后来都永和继任，首先立异的，便是监督的饭另开。起初只是菜蔬不同而已，其后还在大厨房之外，另设监督的小厨房。只不像余舒——苍一，又号沙园——任潼川府中学监督之特设监督专用厕所而已。据说，都是官派。）日常三餐，全在学生大食堂上同吃。学生吃什么，他吃什么。（我们中学时代的伙食，的确远胜于后世，而我们中学更较考究。桌上有白桌布，每人有白餐巾一方，每一桌只坐六人，上左右三方各二人，下方空缺，则各置锡茶壶一把，干净小饭甑一只。早饭是干饭，四素菜，一汤。午饭自然是干饭，三荤菜，一素菜，一荤汤。晚饭也是干饭，三素菜，一荤菜，一荤汤。不许添私菜，其实也无须乎私菜。但在都永和时代就不行了，菜坏了，也少了，也容许添私菜了。在打牙祭时，甚至可以饮酒，甚至可以饮酒搳哑拳，而学生并不叫都永和的好。）菜蔬不求精致、肥甘，但要作得有滋味，干净。设若菜里饭里吃出了臭味，或猪毛头发之类，不待学生申诉，他先就吵闹起来。厨子挨骂之后，还要罚他每桌添菜一碗。所以当时若干学堂都有闹食堂的风潮，而我们中学独无。尤其是我们中学规矩，吃饭铃子响后，学生须排了班，鱼贯而入食堂，一齐就定位站着，必须监督、监学坐下，才能坐下举箸。记得有一次，王光祈（润玙）因为在自习室收拾书籍，来不及排班，便从走廊的短栏处跳入行列。被一个监学拉出来道："那不行，不许这样苟且。"结果，罚他殿后，但并未记过。

刘先生死后，一直到如今，还未听见有人给他作过小传和行状。从前我们太不留心了，连他编的讲义，都未曾保留一份。如今要找他的著作，简直万难。民国三十一年我在重庆遇见杨沧白先生，谈到这点；杨先生也浩谈平生最抱疚的事，就是刘先生的诗文稿，原交他代管，都在几次逃亡中损失罄尽，今所余者，仅为杨先生所译雅作的一篇序文而已。又因刘尔纯世弟归隐故乡多年，甚至连刘先生的身世和家庭情形，以及有几个世兄弟，几个世姊妹，都不得而知。细想起来，全是我们之过。我们少数存留在成都的同学，也曾聚会过几次，就是顶热心而记忆力顶强的洪祥骝（开甫）谈起刘先生的一切来，也未能弥补我们的缺憾。

刘先生已矣，而我们中学堂的地址犹存。今为私立成公中学的一部分。四十年的风雨剥蚀，连房舍都不像样了！而成公中学的老训育罗为礼（秉仁）犹是住丙班时的模样，只是胖了，有了胡子。

刘先生讳行道，字士志，清四川绥定府达县举人，清宣统二年夏病故北京，生卒年月，皆不能详。

一九四六年七月三日敬述。时正燠热之后，大雨如注。

### 附　杨沧白先生七律一首　成都送士志入京（己酉）

冠盖京华憔悴行，忽将血泪向时倾。

一生知己惟刘琰，何日还山了向平？

细雨骑驴知剑外，秋风归雁忆辽城；

会当各返鹤猿乐，白发相看无世情。

# 五四追忆王光祈

一九一九年，即民国八年的五四运动时，我在《川报》当编辑。这报，是民国七年由被查封的《群报》改组，在民国十三年十一月被杨森无理封闭后，便死硬了！

从《群报》时代起，一直到五四运动这年，我的一位中学同学王光祈先生正担任着报馆的北京通信记者。王先生是民国三年和我在泸县分手，到北京读书，已在一个法政学堂毕了业，做着一件小事，五四运动时，他在北京大学当旁听生。因此，于这运动，他不但亲身参加了，并且还彻头彻尾弄清楚了这运动的全貌。

五四那天，他从赵家楼一出来，先就拍了一通新闻电到成都。那时没有无线电，而新闻电照例比官电比商电慢，电费也比官电贵，比商电便宜不到好多，所以这重要而又简单的消息，在《川报》上用大字登出时，已经是五（月）七（日）了。当时在成都，引起一般人的注意还不大，只有我们当编辑的不同，因为我们五年以来已被种种磨难训练得像猎狗一样：有一只闻风辨味的鼻子，有一双见于无形的眼睛，有一对听于无声的耳朵，而一个脑子也敏锐得有如能够响应蜀山西崩的洛阳铜钟；同时，又因为我们对于巴黎的中国留学生们反对中国代表在和约上签字的情形，早已知道了一个轮廓，这是我的另一中学同学周太玄先生所办的巴黎通信社供给我们的资料。

到五月十六日，王光祈在五四夜里所写的长篇通信到了，我们赶快把重要句子勾出，用三、五号字发表了，并在他写的通信前后做了很多含有刺激性的标题，和一长篇按语，把这运动渲染得更为有声有色。这一来，王光祈的关于五四运动的通信，在成都许多人——尤其在前进的含有革命性的知识分子的脑子中，真无异投下了一颗大的爆炸弹！

自此，成都方面接接连连的许多运动，我可以不再追叙，我这里只说三件与王光祈先生有关的。

一是工读互助杜——王光祈凭他本身经验，同几个朋友在北京发起了这个组织，提倡知识劳动与体力劳动的合一。成都方面在好几个学校中也响应了，把知识分子蔑视劳动的积习纠正了不少。

二是少年中国学会——王光祈感于离群独学的毛病，在北京同着几个朋友发起了这个组织，成都方面首先就成立分会，推动工作。

三是发行精简有力的周刊——王光祈虽然不是北京《每周评论》的主撰人，但也是参加了发起人的，在头几期里写过两篇文章，并且因他有力的宣传和鼓动，成都方面于是也出了一个周刊，叫《星期日》。

那时，成都真是全中国新文化运动的三个重点之一。（其余二个自然是北京和上海。北京比如是中枢神经，上海与成都恰像两只最能起反映作用的眼睛。）其所以致此的原因，当然很多，自不能完全归功到某一二人，不过因为某一二人的努力，而发生了引头作用，因而蔚然成为一股风气，这倒是不可没灭的。我于三十一年后的五四，而追忆到王光祈先生，也根据的这理由。令人不胜惋惜的，王光祈先生已于一九三六年，即五四运动后的十七年，因了用脑过度，在德国波恩大学图书馆中，患脑充血而死。他从一九一三年便孑然一身，什么亲人也没有，现在只剩下一堆骨灰葬在沙河堡菱角埝周太玄先生私有的坟地上，被洼地灌溉的水渠、被前航委会剩下的一堆烂草房，糟蹋得无法整顿，就特别提出它来说一说，大概也无妨的罢？何况王光祈先生的行为精神，在我看来，确乎可以作为新青年的模范哩！

王光祈先生是温江县人，如其尚在，今年应该满五十八岁，小于我不足一岁。